原作:古舘春一　小説:吉成郁子

CONTENTS

登場人
烏野高校排球部
KARASUNO
菅原孝支
すがわら こうし
ポジション セッター
澤村大地
さわむら だいち
ポジション ウイングスパイカー
田中龍之介
たなか りゅうのすけ
ポジション ウイングスパイカー
東峰旭
あずまね あさひ
ポジション ウイングスパイカー
日向翔陽
ひなた しょうよう
ポジション ミドルブロッカー
影山飛雄
かげやま とびお
ポジション セッター
山口忠
やまぐち ただし
ポジション ミドルブロッカー
月島蛍
つきしま けい
ポジション ミドルブロッカー
縁下力
えんのした ちから
ポジション ウイングスパイカー
西谷夕
にしのや ゆう
ポジション リベロ

物紹介
白鳥沢学園高校
排球部
SHIRATORIZAWA
瀬見英太 せみ えいた
ポジション セッター
天童覚 てんどう さとり
ポジション ミドルブロッカー
五色工 ごしき つとむ
ポジション ウイングスパイカー
大平獅音 おおひら れおん
ポジション ウイングスパイカー
白布賢二郎 しらぶ けんじろう
ポジション セッター
山形隼人 やまがた はやと
ポジション リベロ
川西太一 かわにし たいち
ポジション ミドルブロッカー
牛島若利 うしじま わかとし
ポジション ウイングスパイカー

ハイキュー!!
"コンセプトの戦い"

王者との対峙
HAIKYU!!

「よーし中腹まで坂道ダッシュ十本！　ふたりずつな！　よーい……」

烏野高校バレー部主将、澤村大地のスタートの合図にあわせて、２年の田中龍之介と同じく２年の縁下力が、ダッと坂道を駆け上がっていく。初夏の濃くなりはじめた緑萌える山を曲がりくねる坂道は、まるで巨大な蛇のようだ。

インターハイ予選で青葉城西に敗北してしまった烏野バレー部だったが、全日本バレーボール高等学校選手権大会、通称『春高』に向けて東京遠征も決まり、気合が入っている。

だが１年の月島蛍は違う。同じく１年の山口忠と同時にスタートしたが遅れる。全力や熱血のような言葉と縁遠い月島を澤村が一喝した。

「月島、全力で走れ!!　よーい」

次に走りだすのは３年の東峰旭と菅原孝支。残りも続いて次々と山を駆け上がっていく。

「よーい」

そして次にスタートを待っているのは１年の日向翔陽と影山飛雄。

最初の出会いが敵同士だったふたりには、強烈なライバル意識が刷りこまれている。横並びで同時スタートとなれば、それはもう競走以外のなにものでもない。

横目で互いを意識したその直後、スタートの合図にふたりは爆走した。

「うおおおおお!!」

叫びながら日向と影山は、余力やペース配分などおかまいなしに坂道を駆け上がる。そして先にスタートしていた2年の成田一仁と木下久志をあっというまに追い抜いていく。

「…………」

前しか見えていない猪のような後輩たちを、成田たちは唖然と見送った。


その頃、ゴールの路肩でハァハァとへバっている田中たちのもとへ、マイペースで走ってきた月島がたどり着く。

「お、月島お疲れ～」

気づいた縁下がそう声をかけたとき、下のほうから叫び声が聞こえてきた。日向と影山だ。どうやら東峰たちも抜かしてきたらしい。だが。

「うおおおおおおお!!」

ふたりは縁下たちに気づく様子もなく、勢いそのままに山道を駆け上がっていく。

「おい!? どこまで行くんだ、お前ら!!」

あわてて立ち上がった田中に、月島がいつものように冷(さ)めた口調で言った。

「もういいんじゃないですか？　ほっとけば」

「うりゃあああああ!!」

「だりゃあああああ!!」

影山がちょっとリードすれば、日向も根性で抜き返す。また日向が先を行こうものなら、影山がそれを許さない。理屈ではない。コイツだけには負けられないというプライドだ。

「うおおおおお!!」

「おりゃあああ!!」

「そりゃあああ!!」

「うおおおおおおぉぉ!!」

ふたりにはお互いしか見えていない。前さえ気にせず、ただプライドと本能に従って山を駆け上がり続ける。だが。

「――お？」

やっとふたりが立ち止まったのは、交差点の前。いつのまにか、ひと山越えてしまったのだ。そんなふたりの頭上を「アホ～アホ～」とカラスたちが飛んでいく。もうすっかり夕方になっていた。

イヤな予感に肩で息をしながら振り返るふたり。当然、そこには誰もいない。

「……誰も、ついてこない……。お前、途中で道間違えただろ！」

「お前もだろボケェ!!」

互いに罪をなすりつけ、イーッと子供のように睨みあっていたが、日向が我に返ったように周りを見回した。

「どこだろ、ここ？　……わ、若野3丁目？」

日向の見つけた信号機に表示された住所に影山がピンとくる。

「……若野っていえば白鳥沢の近くじゃないか？」

影山は白鳥沢学園を受験し、落ちている。そして烏野に来たのだ。

その後ろをジャージを着た人影がランニングで通り過ぎる。

「白鳥沢ってウシワカの⁉」

全国に知れ渡るその名前に、日向が興奮気味に声をあげたそのとき、後ろから声がかけられた。

「俺になにか用か？」

「⁉」

その声に日向と影山は固まった。『俺』と言うのは当然、その本人しかいない。突然のことにギギギとぎこちなく振り向いたふたりの先にいたのは、まぎれもないその人だった。

『絶対王者』と呼ばれる白鳥沢学園のエース牛島若利。通称ウシワカ。

全国で三本の指に入る超高校級のアタッカーで、19歳以下の日本代表にも選ばれている。

そんな人物との思いもよらぬ遭遇にただ唖然と見つめる日向と影山を、牛島もじっと見ていたが、「用がないなら行く」と走りだす。

「あっ」

その背に影山はとっさに声をかけた。

「俺たち烏野から来ました！　白鳥沢の偵察させてもらえませんか⁉」

普通偵察とはこっそりするものだが、これはめったにないチャンスだと影山は考えた。

走りだした牛島が止まり、わずかに振り返る。

「烏野……おかしな速攻を使うチームだな」

「！」

日向と影山は驚く。まさか牛島のような選手が自分たちを認識しているとは思っていな

かった。牛島はまた前を見据える。

「……好きにしろ。お前たちの実力がどうであっても、見られることで俺たちが弱くなることはない」

その口調には気負いもなく、ただ単に真実だけを述べていた。揺るがない強さという真実。だが、そう言われて尻ごみするような烏たちではない。

ついてこられるならとばかりに走りだした牛島のあとを、日向と影山は追いかける。

（……さすがのハイペースだな……）

淡々と速いスピードで走っていく牛島を見ながら、強さを裏づける一端を垣間見たような気持ちになり、影山がわずかに眉を寄せる。だが、隣の日向は満面の笑みを浮かべながら、ぴょんぴょんとまるで跳ねるようについていく。

「ヤベェ～なんかテンション上がる!!　ウェ～イ!!」

「落ち着けボケが！　犬か!?　初めての散歩かアホが！」

緊張感もなにもない日向に突っこむ影山。牛島は前を走りながらそんなふたりをちらりと振り返る。

「…………」

部内でも牛島のランニングペースについてこられる者はいない。いつもいつのまにか牛島はひとりで走っているのだ。それなのに、このふたりはまだ短い距離とはいえしゃべりながら余裕でついてきている。

しばらくして、白鳥沢学園に着いた。

校門には羽ばたこうとしている鷲のオブジェがあり、広大な敷地やまるでホテルのように立派な校舎、整っている幅の広い歩道を挟んで、さまざまな建物がある。

「うおおおお!!　広ぉ〜〜!!」

日向と影山は圧倒され思わず立ち止まる。周囲を見回していたふたりは、いつもどおり気にせず先に行ってしまう牛島に気づかず、広大な敷地のなかでさっそく迷子になってしまった。

うろうろとさ迷ったあと、なんとか自力でダムダムと聞き慣れたボールの弾む音がする建物にたどり着く。

「こ、ここっぽいな。バレー部の体育館……」

「おう……」

　初めての学校で頭を使いながら歩いてきたふたりは疲れ果てていた。

　ハァハァと息をきらしながらも、そっと下の小窓を開けてなかを覗(のぞ)く。日向はすぐ違和感に気づいた。

「あれ？　他の学校がいねぇか？　練習試合？　相手は？」

　なかでは練習試合の真(ま)っ最中(さいちゅう)のようだった。向こう側のコートはお揃(そろ)いの白い短パンで白鳥沢チームのようだが、こちらのコートにいるチームの練習着は全員バラバラだった。練習試合とはいえユニフォームを着るか、部のジャージを着るのが普通なのに。

　その答えを影山が言った。

「あれ、大学生じゃねーか？」

「大学⁉」

「県内には白鳥沢の相手になる高校はもういねぇからな」

　すべてが桁違(けたちが)い。長い間王者として君臨(くんりん)し続ける理由がここにあった。

「遅かったな」

　部室で部のジャージに着替えた牛島がふたりに声をかけてきた。

「！」

ふたりはあわてて立ち上がる。影山は体育館に入ろうとする牛島に駆け寄った。

「俺は烏野高校の影山です。偵察してもいいですか？」

「カゲヤマ……北川第一(きたがわだいいち)か」

「！」

個人的に知られていたことに影山は驚きを隠せない。

「ハイ、ココを受けて落ちました」

「だろうな」

「!?」

「中学のお前の試合を見た覚えがある。俺(エース)に尽(つ)くせないセッターは白鳥沢(ウチ)にはいらない」

「………！」

きっぱりとそう言いながら見下ろしてくる牛島に、影山は言葉を詰まらせた。

『コート上の王様』と揶揄(やゆ)されるくらいに、中学時代の影山は自分のトスに相手をあわせようとしていた。痛いところをつかれ顔をしかめる影山の後ろで、日向が「ブハッ！」と笑いだす。

「確かにお前、尽くすって感じじゃねーな！」

「あ⁉」

キレる影山を気にせず、日向はきょとんとして言った。

「でもそれだと大王様もだよな。県内最強セッターなのにな」

青葉城西の及川徹(おいかわとおる)。影山とは北川第一で先輩後輩の仲だ。そんな及川の名前に牛島が反応する。

「及川……ヤツは優秀な選手だ。白鳥沢(ウチ)へ来るべきだった」

牛島は体育館に踏み入れていた足を返し、ふたりに近づく。

「及川は、どこであろうとそのチームの最大値を引き出すセッターだ。それがやつの能力だ。痩(や)せた土地で立派な実は実らない」

牛島は及川のセッターとしての能力を高く評価していた。及川自身は牛島を中学時代からライバルだと思い、いつか絶対に倒すと決めていたのだが。

「痩せた土地？　どういう意味ですか？」

牛島の言葉に日向が引っかかる。

「？　青葉城西は及川以外弱い、という意味だ」

「…………弱い……」

ことをなげに答えた牛島に、日向は呟(つぶや)いた。その小さな声は、黄昏(たそがれ)どきの不穏な風に流れていく。

日向の脳裏(のうり)に浮かんだのは、青葉城西との試合。誰ひとり、弱い者などいなかった。

青城(せいじょう)だけでなく、今まで試合したチームにも、誰ひとり。


日向はゆっくりとした足取りで牛島に近づいていく。

「――青城がヤセた土地なら、おれたちはコンクリートかなにかですかね?」

「!」

牛島は近づいてきた日向に、一瞬、ゾワリとしたなにかを感じ、顔をしかめた。

まっすぐ見上げてくる目には、底知れない威圧感がある。まるで野生の動物と出くわしてしまったような緊張が空気に交(ま)じり、肺(はい)に入ったような気がした。

影山も同じようにその空気を感じながらも、どこかあきれていた。

及川や伊達(だて)工業高校の青根(あおね)高伸(たかのぶ)など、強そうな相手との初対面にはビビるくせに、県内最強の相手に対して一歩も引かないどころか、あきらかに食ってかかっている。こういう日向の胆(きも)の据(す)わり方は、いったいどこからくるものなのか。

牛島も、あきらかな日向の敵意に口を開く。

「なにか気にさわったのなら謝(あやま)るが、青葉城西に負け、県内の決勝にも残れない者がなに

を言ってもどうとも思えん」

自分の強さに絶対的な自信がある牛島にとって、弱い者などいないも同然。

ダンッ！

そのとき、体育館のなかから大きく弾みがついたボールが飛び出してきた。牛島と影山が振り返るなか、日向だけはじっと牛島を見ていた。言われた言葉を反芻するように。

牛島は高く上がったボールにジャンプしキャッチしようと右手を伸ばす。

だが、そこにもうひとり、走りこんできた。駆けた足でそのまま力強く地面を蹴りジャンプする。

「！」

牛島は目を見開く。取る寸前のボールを日向が奪った。１８９・５センチの牛島のジャンプを日向は超えたのだ。

（コイツ……‼）

信じられないものを見たように、着地しても動けない牛島。影山はその様子に、どうだと言わんばかりにニヤリと笑った。

「コンクリート出身、日向翔陽です」

ザッ、としゃがみこむように着地していた日向がゆっくりと立ち上がり、牛島に近づく。

そしてボールを押しつけるように渡し、見上げて言った。

「あなたをぶっ倒して全国へ行きます」

それは真正面からの宣戦布告。

澄んだ闘志そのままに睨みつけてくる日向を、牛島も正面から受け止め睨み返す。

烏野がカラスなら、白鳥沢はシロワシ。

同じ空を飛ぶものでありながら、それはあまりにも違う。

雑食で、山も街も生息地にするカラスと、鳥の王者と言われ、気高く高みを飛ぶワシ。

いったい、どちらの鳥が頂点に立つのか。

日向は牛島に頭を下げ、去っていく。それを見送っていた牛島は、もうひとつの視線を感じ振り返る。

影山も日向に負けないほどの射貫くような目で牛島を見ていた。

「…………」

そして同じように頭を下げ、去っていく。

そんなふたりを見ていた牛島が興味をひかれたように笑った。

不穏な風に吹かれながら、日向と影山は歩いていく。

夕日に染まる空は、熱い戦いを予感させるように赤く燃えていた。

学園
白鳥沢学園

軽快な音楽とともに宮城県のローカルニュースを扱う夕方のニュース番組が始まった。

『こんにちばんわ』

「こんにちばんわ！」

ニュースキャスターのお決まりの挨拶に、挨拶を返すのは烏野バレー部。

職員室のテレビに群がる様子は、まるで昭和の街頭テレビだ。コーチの烏養繋心や顧問の武田一鉄に加え、職員室にいた他の教員たちも生徒たちの後ろからテレビを覗いている。

しかしそれも当然のこと。自分たちの高校の生徒の活躍が流れるかもしれないともなれば見ないわけにはいかない。

『本日、富沢の仙台市体育館では、全日本バレーボール高等学校選手権大会、通称春高バレーの宮城県代表決定戦の準々決勝、準決勝が行われました。第一試合は、烏野高校が強豪・青葉城西高校を破って久々の決勝進出です』

キャスターのナレーションにあわせ映し出された映像は、今日の試合。

だが烏野が映ったのはほんの一瞬だった。勝敗を決めた日向のスパイクを及川がレシー

ブで返せなかったときの静止画だけ。あとは負けたあと、泣きだす青葉城西チームや、及川の横顔だけだった。

「もうちょっと勝った俺たちを映せよ‼」

「そうだそうだ！」

ヤンキー座りで不満をぶつける田中に日向も賛同する。それに西谷夕も続いた。

「青城ばっか映してんじゃねー！」

それだけ番狂わせだと思われていたのだ。

一度は春高の全国大会に出場した烏野バレー部だったが、それよりあとはずっと不甲斐ない結果しか残せず、『堕ちた強豪、飛べない烏』と揶揄されてきた。だがやっとその不名誉な形容ももはや過去のものとなりつつある。

とうとう、決勝までやってきたのだ。

『続いては準決勝第2試合。こちらは注目の高校が順当に勝って、決勝に駒を進めたようですよ』

続いてテレビ画面に映し出されたのは、白鳥沢学園と気仙沼西高校の準決勝。

『怪童、牛島若利くん率いる白鳥沢学園です。地力で勝る白鳥沢学園に対して烏野高校がどこまで追いすがるか、注目ですね』

映されるのはスパイクを決める牛島ばかりだ。

見せたいものを選び流すのがテレビ。明日の試合も期待されているのは牛島の活躍だろう。けれど、そんなことは烏野たちも百も承知だ。

明日の相手を思い、バレー部の面々は気を引き締める。

『宮城県の頂点を決める一戦、是非お見逃しなく！』

すっかり日も暮れた頃、体育館に場所を移動し、烏養は選手たちを前に口を開く。

「さて、明日は白鳥沢と戦うわけだが……これまで及川が入ってからの3年間で、青葉城西は一度たりとも白鳥沢に勝ったことがねぇ。一度たりとも、だ……」

選手たちは真剣に耳を傾けている。

「人呼んで……〝絶対王者〟。牛島はもちろんだが、ほかにも県でトップクラスのヤツらがゴロゴロいる。県内最強の名前は伊達じゃねぇ。白鳥沢はお前らが思っている以上につえぇ……。誰も俺たちが勝つなんて思ってねえだろう……あ？」

選手たちを見回していた烏養は日向の様子に気づいた。なにか言いたそうに顔をしかめ、口をむずむずさせている。

「なんだ日向」

「そんな関係ない！」

「⁉」

即答した日向に、みんな、なんだ？　と注目する。

「と、思います！」

「オイ！　コーチに向かってお前……」

ぶしつけな答え方に澤村が注意すると、日向はあわてて否定するように手を振る。

「あ、いえ、そういう意味じゃなくて……」

「いいから言ってみろ」

烏養に促され、日向は「は、はい！」と立ち上がる。

「誰も俺たちが勝つと思ってないのは、青城相手でも同じでした！　なので、関係ないデス！　……と思います！」

はっきりと言いきった日向の心構えに、烏養はニッと笑った。そしてみんなを見回す。

「明日も俺たちは挑戦者だ。大番狂わせ見せてやろうぜ！」

「ハイ！」

力を込めて返事をするみんなを前に、武田も口を開く。

「〝堕ちた強豪、飛べない烏〟……君たちをそういうふうに言う者はもうどこにもいません。羽いっぱいに風を受けた烏が今、大空を舞っています。そして君たちなら行けるハズです！　どこまでも高くどこまでも遠く!!」

熱い武田の言葉に、澤村が立ち上がる。そして熱い想いを分かちあうように、次々と全員が立ち上がった。

「さあみなさん、時は来ました！　明日も勝って全国へ行きましょう!!」

「オッシャー!!」

気合を込めて吠える烏たちに、不安な様子はひとつもない。

強くなったから、勝ち残ってきたのだ。

ミーティングも終わり、自転車を引く日向と影山は一緒に校門を出る。
街灯の少ない田舎の夜空には、数えきれないほどの星が瞬いていた。眼下に広がる見慣れた街の明かりを前に、ふたりはなんとはなしに足を止めた。

「小さな巨人は、決勝戦の前の日ってどんな気持ちだったのかな？」

そう言う日向に影山は振り向く。

『小さな巨人』は日向の憧れで、バレーボールを始めたきっかけとなった烏野バレー部のOBだ。

小柄な選手がまるで飛ぶようにジャンプし、得点を重ねていく姿は今でも日向の目に焼きついている。その小さな巨人が行った全国の舞台へ、明日勝てば行けるのだ。

「キンチョーするけど……でも、チョーワクワクすんな！」

夜のなか、太陽のようにキラキラと目を耀かせ見上げてくる日向を、影山は黙って見下ろす。

想いは同じ。

頼りなくも頼もしい相棒に、影山はポケットにしまっていた拳をそっと突き出した。

「……明日勝つぞ」

「おう!!」

ふたりは力強く拳をあわせた。

殴り合い
HAIKYU!!

翌日、よく晴れた空の下、カラスが鳴き、飛び立っていく。

バスから降りてきたのは烏野バレー部だ。

「………」

誰もが声もなく、仙台市体育館を見つめる。昨日も来たはずなのに妙な感慨があるのは、今年、ここで試合をするのが今大会で最後だからだろう。

勝っても、負けても。

「澤村ー！」

そんなとき、明るい声がかけられ澤村たちは振り向く。

「応援に来たよー！」

烏野高校女子バレー部の前主将だった道宮結が、クラスメイトたちと小走りでかけよってきた。決勝は応援に行くと約束していたのだ。

「道宮！　本当に来てくれたんだ！」

笑顔で答える澤村の後ろで、甘酸っぱいなにかを察した菅原が気をきかせて、きょとんとしている東峰の背を押し、先に入口へと向かう。

「うわー、ホントに決勝戦うんだね！　すごいよ！　もうもう……ヤバイよ……！」

「だからあんたのボキャブラリーがヤバイ」

興奮して盛りあがる道宮に、友達が冷静に突っこむ。その様子に澤村は苦笑した。

興奮で震える道宮に、もうひとりの友達が「ゆい」と促すように言う。その声に道宮はハッとして、バッグのなかをごそごそとあわてて漁りだした。取り出したのは必勝祈願のお守りだ。

「あ、あの……。それで、コレ!!　いや、あの、べつに個人的にとかじゃなくて、一個で皆分っていうか私たちの分も的なアレであって、べつにあの」

顔を赤くして緊張でブルブルと震える手で差し出したお守りを、澤村は嬉しそうに受け取る。

「おお!?　ありがとう！　さすが道宮！　気がきくなぁ！　ベンチに置かせてもらう！　じゃあ応援よろしく！」

「任せて！」

笑顔でみんなの後を追いかけていく澤村を道宮は敬礼して笑顔で見送る。澤村の姿が完全に見えなくなったとたん、道宮は「ぐぅアアアア……!!」と力が抜けてしまい、友達

に抱きついた。友達は、道宮の行動をしごく冷静に評価した。

「アンタにしては渡せただけ及第点だわ」

「うぉぉ……さすが決勝……人多いな」

玄関ロビーの人の多さに田中は思わず尻ごみする。決勝戦ともなると、学校関係者だけでなく報道関係者も多くなる。決勝の行方を見にきたバレー好きたちも少なくない。

「龍、ビビってる場合じゃねーぞ」

横を歩いていた西谷にそう言われ、田中は思わず立ち止まり見栄を張る。

「べ、べつにビビってねーよ！」

そんな田中に西谷は落ち着けと言わんばかりに、ぽんと肩に手を置き、一点の曇りもない澄んだ目で語りだした。

「いいか龍、想像してみろ。決勝戦。相手は白鳥沢。これだけの観客のなか、活躍したらどうなると思う？」

「どうなるって言われても……」

そのとき、田中と西谷の横を応援に来た白鳥沢の女子生徒が、しゃべりながら通り過ぎていく。

「やっぱうまいと、それだけでカッコよく見えちゃうよね～」

「……ハウア!!」

その言葉に田中は西谷が言わんとしていることを瞬時に悟った。そしてふだん勉強などに回されない脳の活動フルパワーで未来を想像する。


「フン……!」

「オリャア……!!」

爽やかハンサムな西谷がボールを拾う。そして爽やかハンサムな田中も華麗にスパイクを決める。キラリと光る汗も香水のように香しく、まるで少女漫画のヒーローだ。

「ッシャア……!」

ふたりがガッツポーズを決めると、客席から女子の黄色い声援が飛ぶ。

「キャー西谷くーん、田中くーん、ステキー!」

興奮する女子たちに、ふたりはカッコよくポーズを決める。きらめく笑顔はまるで宝石。

ふたりがそこにいるだけで空気清浄機。バレー界に舞い降りたふたりのイケメン王子様に

女子たちはさらに歓声をあげ、熱狂する。

「キャー!!」

だがそのとき、ふたりの後ろから控えめで艶やかな声がかけられた。

「西谷くん、田中くん!」

振り返ったそこにいたのは、頬を染め、潤んだ黒い瞳でふたりを見つめる清水潔子。ふたりが崇め奉っているバレー部の女神、いや女神という言葉さえ霞む唯一無二の存在。そんな潔子が恋する目で恥じらうように言う。

「が…がんばって……」

ふたりの目の前に、この世の幸福のすべてがあった――。

そんな未来に、ガシィッ!! とふたりは固く誓いの握手をする。

「ノヤッさん、やるぜ俺は! この試合で一躍ヒーローになってみせる!」

「負けねえぞ龍!!」

熱くなっているふたりの横を、潔子と谷地仁花が通り過ぎていく。潔子は今日もクールビューティーだ。

「うおおおぉぉ~!!」

「いつもより気合入ってんなぁ……」

雄たけびをあげるふたりを見て苦笑する木下の横で、あきれたように見ていた縁下がいいかげんにしろとばかりに声をあげる。

「おい、恥ずかしいから叫ぶのやめろ！」

「でも、いつもどおりで頼もしいよ」

後ろからやってきて笑顔でそう言う成田に、縁下も「……だな」と笑う。

いつもどおりでいられるということは、それだけメンタルが強いということだ。

「気合だ、気合だ、気合だ、気合だ、気合だぁ～～～!!」

「うるさいお前ら！」

ここがロビーだということも忘れ、夢の未来にテンションだだあがりのふたりに、澤村の喝が飛んだ。

その頃、会場では着々と決勝に向けての準備が進められていた。
県内に試合を生中継するためテレビカメラがセットされ、ブザーの確認作業音が響きわ

たる。テーブルの上には歴代の勝者に渡されてきたトロフィーが並べられ、優勝チーム全員にかけられるメダルが箱のなかで出番を待っている。

そして黒地に白文字で『飛べ』と書かれた横断幕が張られている烏野チームの応援席には、集められた烏野の生徒たちとバレー部と因縁(いんねん)浅からぬ教頭先生がいた。ちなみに教頭先生の頭にはふさふさの黒い鳥が乗っている。

「いいかね諸君！　我々の応援が選手たちの力になる！　精一杯(せいいっぱい)声を出すように！」

はじめはバレー部への風当たりも強かった教頭先生だったが、決勝まで駒(こま)を進めたバレー部を応援しようとやる気満々だ。

「ハァーイ」

対して生徒たちはそれほどのテンションでもない。だがかまわず教頭先生は持っていたメガホンふたつでリズムを取りながら応援の練習をする。

「いけいけ烏野、押せ押せ烏野!!」

「いけいけ烏野、押せ押せ烏野ー」

「こりゃ～!!　昨日練習したじゃないかー!!」

生徒たちのバラバラな応援に声を荒らげる教頭先生。

そんな様子を応援席の前のほうから商店街チームの嶋田誠(しまだまこと)と滝ノ上祐輔(たきのうえゆうすけ)が不安そうに見

上げていた。ちなみに嶋田と滝ノ上が連れてきた商店街&烏野バレー部OB応援団はお揃いのオレンジ色の法被を羽織っている。エリ部分に『大売出し』と書かれているが、そこはご愛敬だ。

「だ、大丈夫かコレ……」

思わず本音を漏らす滝ノ上に、嶋田は気合を入れるように言う。

「俺たちがうろたえてどーする!! アイツらを見ろよ。堂々としたもんじゃねーか」

そして自信ありげに笑みを浮かべ、下にいる頼もしい後輩たちを見る。だが、そこにいたのは――。

胃痛に苦しみ、腹をおさえながら小鹿のように身体を震わせる東峰。

「もいっかい便所……」

そんな東峰の前を緊張のため腹をこわしたのか、こちらも震えながらトイレへと向かう日向。その後ろでは同じく震えながら山口が谷地に薬を求めている。

「い、胃薬を……」

「俺も腹が……」

東峰がかぼそい声で胃薬を求める後ろでは、影山が会場中央にドーンとしつらえられた

コートを見てひとり感動している。

「センターコート……！」

「うっ……」

「山口くん、大丈夫⁉」

胃痛に耐えきれず思わずうずくまる山口の後方では、同じように頭を抱えうずくまる西谷と、白鳥沢応援席を指さし叫ぶ田中がいる。

「ノヤッさんチアだ！　チアだぞ‼」

「うらましぃぃぃぃ！　ちっくしょおおおお‼」

「田中、西谷！　騒ぐな‼」

そんなふたりを叱る澤村に、みんなの様子を見てひとり嘲り笑う月島。

「うろたえすぎでしょ」

「おち、おちつ……みんな、おちちゅ……！」

いつもならみんなを落ち着かせるはずの武田も、緊張のため動揺しまくっていた。

「…………」

不安しかない。どーんと不安の底へ叩き落とされ、黙りこむ嶋田と滝ノ上。だがそのとき、後ろから声が聞こえてきた。

「怪しい者じゃないですってば‼」

「？」

「不審なヤツがうろうろしてて、見てたら逃げたから捕まえた‼　白鳥沢のスパイかと思って！」

田中にそっくりだがナイスバディな姉・冴子が引っ張ってきたのは、見るからに怪しい人物だった。マスクにサングラスに帽子とくれば、怪しんでくださいと言わんばかりだ。

「なに⁉」

「うわっ！　ま、待って‼」

嶋田たちの前に突き出された男は、あわててサングラスとマスクを外し小声で言った。

「関係者です！　月島蛍の兄です！」

「月島の兄ィィィ⁉」

思わず叫ぶ嶋田と滝ノ上に、月島の兄・明光は口に指をあて静かにしてくれと合図する。

「シッ、シィ～～ッ‼　試合には来るなって言われてるんですよ‼」

「…………」

だがそれに気づいた月島が殺気を漂わせ明光を睨んでくる。とっさに隠れたがもう遅か

ったようだ。

「あああ……」

弟にバレたことに怯え震える明光。明光は烏野バレー部ＯＢで、月島がバレーを始めたのも兄の影響からだった。

「こっちは似てねえな……。主に雰囲気が」

「？」

滝ノ上の言葉に隣で冴子がきょとんとしたそのとき。


ダグダンダグダン!!

小気味いい太鼓の音が響いたかと思うやいなや、それにあわせて大声援が始まった。

「しーらとりざわ！」

ダグダンダグダン!!

「しーらとりざわ！」

ダグダンダグダン!!

「しーらとりざわ！」

白鳥沢応援席は生徒たち全員が紫色のメガホンを手に、声を張りあげている。階段ではチア部の部員がポンポンを持ち踊る。そして応援の指揮を執るひとりの生徒の掛け声に、全員が声をあわせた。

「さあいきましょう！」

「さあいきましょう！！」

「今日の相手は」

「烏野高校！」

「烏野高校！！」

「よろしくよろしく」

「よろしくよろしく」

「さあいきましょう！」

「さあいきましょう！！」

一糸乱れぬ応援は、まるで訓練された軍隊のように完璧だ。白鳥沢学園はスポーツの盛んな強豪校。応援は場の空気を左右する重要なものだと認識しているのだ。

昨日今日はじめて応援に駆り出された烏野の応援団たちは唖然とするしかない。そしてそれはバレー部も同じだった。

「すげーな……」

「ああ、さすが強豪校って感じだわ……」

驚きのあまり呆然と呟く菅原と東峰。

大応援に満たされた会場が待っているのは、王者の登場。

日向はふと振り返る。入場口の奥に、気配を感じた。

(キタ……!)

入口が開く。歓声を受け入ってきたのは牛島率いる白鳥沢バレー部。

堂々たるその姿はまさに王者だ。

主審が練習時間開始の笛を吹く。試合前にウォームアップとコートの感触を確かめる貴重な時間だ。そんな時間をムダにしないように選手たちは小走りでコートに入る。
「ツシャアアアアア~!!」
だが、山口が押していたボールかごからボールがひとつ零れ落ちてしまった。相手コートに転がったボールを白鳥沢の選手が拾う。

「アザーッス……。！」

ネットをくぐり、ボールを受け取ろうとやってきた日向はその選手を見てハッとする。

大柄な体軀に、寡黙そうな雰囲気。なにより強そうだ。

その選手は黙って日向にボールを軽く投げてよこす。

（弁慶だ……。あの人、絶対弁慶だ……）

牛島ことウシワカ、そして牛若丸の相棒といえば弁慶。そんな連想をし、軽く礼をして去っていこうとする日向の後ろでその選手に声がかけられる。

「獅音さん」

「ハイヨ」

（レオン!!）

平安末期のイメージからまさかのイマドキの名前に、日向は振り向かずにはいられなかった。大平獅音、3年 WS だ。そんな様子を見ていたのは同じく3年 MB の天童覚と、3年 S の瀬見英太だ。

「今のチビッ子、絶対獅音くんに弁慶ってアダ名つけたよねぇ」

「イメージ違いでゴメンな……」

天童の言葉に大平は言われ慣れているのか、さして気にすることもなく通り過ぎていく。

「アレ烏野の1年速攻コンビのひとりか……」

日向を確認しながらそう瀬見が言うと、天童は驚き、振り返る。

「え、そうなの⁉」

少し離れ、牛島もまた日向たちを見ていた。

田中が日向と影山に近づき、けしかける。

「おい、お前ら。昨日のアレやったれ」

「!」

それは昨日のミーティングでの烏養の言葉。

『でもな。これだけは自信を持って言える。点を獲る力では絶対に負けてない! まずは殴り合いを制せ』

ネットに向かい走りこみ、高く跳び上がる日向。同時に影山もジャンプし、日向の手元に素早くトス。

ダン!

ネットに沿うように相手コートに打ち落とされたスパイク。日向のジャンプを間近で見ていた牛島以外、白鳥沢チームは驚きを隠せない。

「あのチビ、真下に打ちやがった!!」

「つーか速っ‼　今セッター触った⁉」

瀬見と天童が興奮気味にそう言えば、３年リベロの山形隼人は逸る気持ちを口に出す。

「今回、青城が来なくて驚いたけど、面白いじゃん烏野！」

「そうだな」

落ち着いた声音で応える大平。だが、すぐ横からまっすぐで勇ましい声がする。

「誰が来たって力でねじ伏せればいいだけです‼」

白鳥沢チームで唯一、１年でレギュラー入りしたＷＳの五色工が胸を張る。

「大口はもっと実力つけてから叩けよ」

「！」

隣にいた２年でＳの白布賢二郎に淡々とツッこまれ、五色がムッとする。険悪になりそうな雰囲気に天童が笑顔で割って入った。

「まあまあ！　相変わらず言うことと前髪がかっこいいね、工は！」

褒められ、ぱっつん前髪の五色はムッとしていたことなど即座に忘れ、嬉しそうに姿勢を正す。

「ありがとうございます‼」

だがそんな天童に２年の川西太一が忠告する。

「そうやって甘やかすのよくないと思いますよ」

「固っ！　太一固いよ!!」

天童は困ったような笑顔でそう言うと、後ろから五色の両肩をつかんだ。

「期待してんだよー！　なんたって1年で、ウチのレギュラーで、エースになる男なんだからー！」

ふだんどおりの軽い口調は、どこかからかうように見えなくもなかったが、『エース』という単語は真面目(まじめ)で熱血な五色のセンサーに引っかかった。

「……！　期待に応(こた)えます!!　うおおおおー！」

熱く燃えあがる五色。たき火どころかキャンプファイヤー並みだ。素直(すなお)な五色を微笑(ほほえ)ましく3年は見守る。

「そーねー、がんばれ未来のエース」

瀬見の言葉に白布が冷静に言う。

「つけあがるからやめてください」

まるで孫を甘やかす祖父母を注意する親のようだ。そこへコイントスを済(す)ませた牛島が戻ってくる。

「先、レシーブだ」

「若利くん、今日も頼むよ〜〜」

牛島にも軽い調子で声をかける天童に、今度は大平が注意する。

「お前ががんばんなさいよ。若利にだけ頼るんじゃない」

「右腕かよ、弁慶かよ」

天童はニヤリと突っこんだ。

練習時間も終わり、いよいよ試合開始が近づく。烏野ベンチにはドリンク、タオルとともに道宮からもらったお守りが置かれている。

「向こうのスターティングは予想どおりだ。特徴覚えてっか？」

烏養は選手たちを前に試合前の最後のアドバイスを送る。

「ハイ！」

「牛島に決められんのはもう割りきれ！　きり替えて取り返す！　それでいい！　向こうだって機械じゃねえんだ。ミスは必ず出る！　やることわかってんな？」

「おおーっす!!」

気合を込めた烏たちの声が会場に響き渡った。

コートに烏野チームと白鳥沢チームの選手たちが並んだ。拍手が収まりアナウンスが流れはじめる。

「これより全日本バレーボール高等学校選手権大会、宮城県代表決定戦、男子優勝決定戦、宮城県立烏野高等学校、対、白鳥沢学園高等学校の試合を開始いたします」

(いよいよだ……!)

会場も始まりの時に備え、わずかに張り詰めたような空気に変わる。日向は緊張と期待と抑えきれない高揚に身を震わせた。

主将の澤村と牛島が挨拶の握手をし終えると、選手紹介が始まる。

「烏野高等学校のスターティングプレーヤーを紹介いたします。1番、澤村大地」

名前を呼ばれ、澤村がベンチ前で待っている潔子と烏養と武田にそれぞれ両手でタッチしてコートに入っていく。その顔は堂々として落ち着いていた。

「3番、東峰旭」

次に呼ばれた東峰は片手でタッチしてコートへと入っていく。その顔は緊張で険しく、なんとか緊張を紛らわせようと手のひらに『人』の文字を書いている。

「5番、田中龍之介」

田中は潔子にこのうえなくソフトに両手でタッチしたあと、烏養と武田には渾身の力でバシィッ、とタッチし、コートへと向かう。

「ッシャアアアア!」

勇ましく吠える弟に「りゅうー♡」と姉の声援が飛んだ。

「9番、影山飛雄」

影山は片手で軽くタッチしてコートに向かう。だがその顔は決勝試合への嬉しさでそわそわを隠しきれていない。

「10番、日向翔陽」

日向は高く上げた烏養の手に軽く跳んで両手でタッチ。全国行きをかけた試合に険しい顔で集中し、コートへと向かう。

「11番、月島蛍」

月島は片手で流すようにタッチしてコートに向かう。だがその顔はいつになく真剣さが現れていた。応援席から冴子と明光の声がする。

「蛍ー♡」

「ちょっとヤメテ！」

「4番リベロ、西谷夕」

最後に呼ばれた西谷は、それぞれ両手でタッチしたあと、コートを見ていったん立ち止まり、「ヒャッフゥー!!」と大きくジャンプし、コートへと向かった。

「監督、武田一鉄」

「！」

選手たちを笑顔で見送りすっかり油断していた武田は、あわてて礼をする。

「続きまして白鳥沢学園高等学校のスターティングプレーヤーを紹介いたします。1番、牛島若利」

最初に呼ばれた牛島はベンチ前の監督とコーチに片手でタッチし、とくに表情を変えることもなくいつものように威風堂々とコートに向かう。女子生徒から「牛島く〜ん!!」と声が飛んだ。

「4番、大平獅音」

大平は声援に軽く手を上げ応(こた)えながらコートに。

「5番、天童覚」

「イエイ」

天童はダブルピースで。

「8番、五色工」

五色はゆっくりと歩きながら、声援に高く片手を上げ応える。

「10番、白布賢二郎」

白布は淡々と。

「12番、川西太一」

川西、山形は気合十分の顔で。

「14番リベロ、山形隼人」

そして最後に呼ばれたのは、ギョロリとした目に太い眉(まゆ)の小柄な老人。

「監督、鷲匠鍛治(わしじょうたんじ)」

片手を軽く上げ声援に応える。その横でコーチの斉藤明(さいとうあきら)が拍手していた。

「観客の皆さま、両チームの健闘(けんとう)を祈って盛大なご声援をお願いいたします」

アナウンスが終わると、観客席で冴子がドキドキした様子で胸を押さえる。

「ウゥ……アイツらの緊張、感染(うつ)ってきた……」

「アップんときの日向の一発見たときは、わりといい雰囲気かと思ったけどな……」

そう言いながら心配そうな嶋田に、滝ノ上も口を開く。

「向こうにとっては何度も踏んだ道。対してこっちは初めての決勝、初めてのセンターコート。平常でいられないのもムリねぇよな……」

準決勝までの試合はふたつのコートで同時に行われていたが、決勝は会場にひとつだけのコートで行われる。注目度ももちろん違うが、それ以上に違うのは5セットマッチだということだ。3セット先に取ったほうの勝ちとなる。連続して3セット取ってしまえば通常の試合と大差ないが、フルセットになれば連続して二試合やるようなもの。

白鳥沢は何度も経験している決勝戦だが、烏野は初めて。つまり5セットマッチは烏野にとって未知の領域。なにより心配なのはスタミナだった。


ピーッ。

烏野

サーブ許可の笛が鳴る。いよいよ試合開始だ。

澤村がフローターサーブを打つ。

後衛の五色が危なげなくレシーブし、白布がトスを上げる。

「オーライ！」

「牛島さん！」

その名前に烏野後衛の西谷、田中、澤村がぐっと構える。

牛島は上がったボールを見据え、ネット前へと走りだした。それにあわせ、前衛の東峰、月島、影山がブロック体勢に入る。

（キタ!!）

牛島がジャンプし、やってきたのは烏野コートから見て左端。それにあわせて三人はブロックへと跳ぶ。振りかぶり牛島が上げた腕は左。そのクロス側に三枚ブロック。

バァン！

ブロックを避け、ストレート側に牛島は強烈なスパイクを打つ。だがその先にいたのは西谷。

（捉えた!!）

ほぼ正面でボールを受け止めにいくが——。

バチィッ！

大きな音を立てて、ボールは大きく後ろに弾かれた。驚愕に目を見開く西谷。ボールはすでにコート外へ。

「ワ～～！　ナーイスキー、ウシ・ジ・マ!!　牛島！」

先取点に白鳥沢の応援団が盛りあがる。

烏野0ポイント、白鳥沢1ポイント。

西谷はゆっくりと正面を向き、見下ろしてくる牛島に対してどこか強がるようにニッと笑った。

「出たな、左……！」

ベンチでも信じられないように武田が「あの西谷くんが……」と呟く。

西谷のリベロとしての能力は非常に高い。そんな西谷でも受け止めきれないほどの威力があるスパイクだった。

「三本ください」

悔しそうに牛島を見ていた澤村と東峰に西谷から声がかかる。振り返ると西谷は真剣な顔で三本指を立てていた。

「必ず慣れてみせます」

先日、烏野の体育館で白鳥沢対策の作戦を説明していたさなか、西谷は宣言した。

「白鳥沢にウシワカあり。なら、烏野には〝俺〟ありッスから」

あまりの頼もしさに、日向と田中は「おおおお〜……っ！」と興奮で震えた。烏養も言葉を失っていたが豪快に笑う。

「わはは！　そうだな！　牛島のすべての攻撃を止める、あるいは拾うなんて、ムリな話だ」

そして「でも」と作戦の図が書かれているホワイトボードをバンッと叩く。

「拾えないスパイクは拾えるようにすればよし！」

「……………？」

首をかしげる日向。烏養は言う。

「トータルディフェンスだ」

ホワイトボードの図は、牛島のスパイクに対しての対策。前衛ブロックの配置と、西谷の位置が描きこまれている。

「おそらく牛島の得意であろうクロス側をブロックでがっちり締めて、空けたストレート側に西谷を配置。リベロのところへ打たせるように仕向けろ」

澤村も影山も東峰も、そして月島も烏養の言葉を真剣に聞いていた。

大砲とも評される牛島のスパイク。だがしかし、烏野には西谷がいる。優秀で頼もしいリベロがいるからこそ立てられる作戦なのだ。

そしてまた回ってきた牛島のスパイク。クロス側を澤村、月島、東峰がブロックへと跳ぶ。烏養が目を見張った。

（いいタイミング!!）

振りかぶる牛島の前に立ちふさがる三枚ブロック。牛島は誘いこまれているとは知らず空いているストレート側へスパイクを打ちこむ。

西谷はボールを目で捉え、しっかりとレシーブした――はずだったが、ボールはまたも大きく後方へと弾かれた。

「あれ？　なにか変な感じがすると思ったら、向こうの1番、左利き!?」

応援席で冴子がハッと気づいたように言うと、谷地をはさんで明光が答える。

「左利きは単純に右利きとはスパイクを打ったときの回転のかかり方が変わるんです。バレーはボールを持てない球技。さらにボールを捉える面は非常に狭い。だからボールを捉える一瞬、その当たり方がほんのわずか違うだけで、それは大きなズレを生む」

ふだん、右利きを相手にすることが多いぶん、左利きの相手は予想以上にやりづらい。身体に沁みこんだ感覚のままだと、どうしても目の前のプレーと食い違ってしまうのだ。

バァン！

月島もやはりその食い違いを埋められず、ずれたブロックで牛島にスパイクを決められてしまう。田中や東峰などがなんとか点を稼いだが差は広がるばかりだ。

烏野3ポイント、白鳥沢8ポイント。


そのとき、会場にブザーが鳴り響いた。

「あれ？　なんのブザー？」

「あ、これ、テクニカルタイムアウトです」

きょとんとする冴子に、心配そうな顔で試合を見守っていた谷地が答える。

「なにそれ？」

「5セットマッチのときにだけ入るタイムアウトで、どちらかが8点と16点になったときに入ります！　だそうです！」

ベンチでは貴重な休憩に選手たちが水分補給などをする。西谷もゴクゴクと喉を鳴らして飲んでいるところへ縁下が声をかける。

「惜しいぞ！　西谷！　ウシワカのスパイクに反応してんだから！」

弾かれてしまったとはいえ、初っぱなからきちんとレシーブの体勢で触れている。希望の持てるプレーに嬉しそうな縁下。隣で日向も尊敬の眼差しで西谷を見ていたが、西谷は冷静に返した。

「俺が触ったあのスパイクは、全力のヤツじゃねえな」

「⁉」

第1セット序盤で、まだ『エンジン暖め中』なのだろう。

そんな西谷に田中も苦笑いを浮かべながら言う。

「中学のとき、左利きのヤツとやったパスが、すっげぇやりづらくて覚えてる」

「ウシワカの打球は……軟打も凶器って……ことだな……」

澤村も深刻そうな声色で言った。

左利きのうえに、今以上の強力な打球が待ち受けている。

肌身（はだみ）で牛島の強さを感じた烏たちは、タイムアウト終了の合図とともに険しい顔でコートへと無言で戻っていく。武田はそんなみんなをなんとかしたいと笑顔で必死に明るく声をかける。

「みんな、顔がこわばってますよ！　リラックス、リラックス！　リラッ……クス」

だが、白鳥沢のサーブに立った選手を見て、ガチッと固まった。

次のサーバーは牛島だった。
ダンッ、ダンッと感触を確かめるようにボールをバウンドさせる牛島。後衛の西谷と東峰はじっと構え、真ん中の澤村はよけいな力を抜くように大きく息を吐き出してから、牛島を見据えた。
サーブ許可の笛の後、ボールを高く放りジャンプし振りかぶる牛島。渾身（こんしん）の力を込め、打ち出されたサーブはスピードと威力を上げ烏野コートへ。
澤村と東峰の間めがけてきたそれに一瞬先に食らいついたのは澤村だった。膝（ひざ）をつきながらもアンダーハンドで受けたが、上半身がねじれるほどの威力に、受け止めきれなかったボールが大きく横へ弾かれる。

「ナイッサァァ！」

　点を獲っても牛島は嬉しそうなそぶりさえない。

「スマン、次一本！」

「オス！」

　月島は西谷たちに声をかける澤村を横目で見て、そっと前に向き直りながら冷静に考えていた。

（……サーブレシーブがないポジションでよかった。あんなのマトモに取れるほうがおかしいし、……まず）

　そして左後ろにいる西谷をわずかに振り返る。

（来い来い来い来い……）

　西谷は待ち焦がれる瞬間に向けて静かに神経を研ぎ澄ませていた。これまでの牛島からの攻撃を身体に沁みこませながら。頭ではなく身体。細胞ひとつひとつの意識が向かうのは牛島が撃ち出すサーブ。

　月島は恐ろしいほど集中している西谷から、一瞬目が離せなくなった。

（来い来い来い来い来い来い……俺に来い！）

コートの向こうで牛島がボールを放り、ジャンプし振りかぶる。西谷は叫んだ。

「サッコォォォォォイ!!」

バンッ!!

ボールの向かう先は西谷と澤村の間。同時にふたりはボールに向かうが、澤村は西谷を確認し寸前で避(よ)け、西谷はそのままレシーブする。そしてインパクトの一瞬、全身を落とすようにして受け止めた。ボールの威力を全身で殺したのだ。

「!!」

「あ……」

ハッと見上げる澤村たち。ベンチで日向たちも叫んだ。

「上がったー!!」

烏野が粘(ねば)り強く待ち望んだ瞬間だった。

そして月島もその光景をわずかに驚きの色を含んだ目で見上げる。

まず、まだしばらくは上がらないだろうと思っていた、その光景。

「よし、完ペキ!」

「決めろォォォォ!!」

ベンチから縁下と菅原が叫ぶ。菅原の声を受け、ネット前に落ちてきたボールに影山が力強く跳び上がる。ネットの向こうでそれを見ていた天童がハッとした。

（打つ気か！）

天童は、影山の前で大平とともにブロックへとジャンプ。だが影山は打つことなくそのままフワッとレフトへトスを上げる。

「！」

しまった、と顔をしかめる天童の視線の先で、田中がスパイクを決めた。

「ソォォォイ!!」

「シャアァァァァ!!」

西谷と田中が興奮しながらハイタッチをする。粘り強く待ち、やっと決められた牛島対策の1点に烏野チームは湧きあがった。

「有言実行の三本目か……」

「負けてらんねぇ……！」

喜ぶ西谷を見ながら、東峰と澤村が奮い立つ。それはベンチにいた日向も同じだった。

「よっしゃー反撃だー！」

西谷と交代で日向がコートに入るのと同時に、サーブに回った月島が菅原と交代する。

「翔陽が出てきた！」

それを見た嬉しそうな冴子に、谷地が少し残念そうに言った。

「一回目に出てきたときは、あっというまにローテーション回っちゃいましたからね……」

「一発決めたれー！」

菅原のサーブ。やや緊張した面持ち（おもも）ちで菅原はフローターサーブを打つ。狙（ねら）いどおり牛島へと向かうが、その前に大平が割って入り、オーバーで返した。

「アイツ、サーブ取らない！」

驚く冴子に嶋田が言う。

「攻撃（バックアタック）に備えてんだな」

セッターと対角になるポジション、オポジットに配置される選手は、チームの戦術に大きくかかわってくる。

烏野でいえばオポジットにいるのは澤村だ。高校チームでは、澤村のようなオールラウンドで守備などがうまい器用な選手が配置される。しかし、牛島のような攻撃力の高い選手が配置される場合、前衛・後衛どっちにいようが常（つね）に攻撃する体制を整（とと）のえているのだ。

白布のトスが天童へと上がる。日向はそれにあわせてブロックへと跳ぶが、その間天童は深く沈み、ためてからジャンプし、スパイクを打つ。

ブロックが消えてから打った天童のスパイクは、やすやすと決まった。

(……一人時間差……)

影山はやっかいなことしやがるとばかりに顔をしかめた。

「よっしゃー!!」

「イエッヘェ～イ!」

両手を上げ喜ぶ天童にまんまと引っかかってしまった日向は「クッ……!」と悔しそうに眺めることしかできない。

そしてまた菅原と月島が交代。菅原も、牛島を牽制できずに終わってしまったことが悔しく、札を持ちながらコートを振り返り「チッ」と舌打ちした。

「ナイッサー!」

白鳥沢のサーブ。大平が力強くジャンプサーブを打つ。ラインギリギリの微妙な軌道のボールを東峰が寸前で見極めた。

「アウト!」

線審のアウトの合図に烏養が声をかける。

「ナイスジャッジだ‼」

「白鳥沢も決してミスが少ないわけじゃない。つけ入るスキはあります！」

武田も力強く意気ごんだ。そしてその流れに乗るように影山のサーブが決まる。

「よっしゃ〜‼」

「よしっ！」

喜ぶ選手たちと同じように、思わず拳（こぶし）を握り喜ぶ武田。烏養も頼もしそうに笑った。

「影山と西谷のふだんどおり感はさすがとしか言いようがねぇな」

「ええ！」

バァン！

だが、流れなど関係ないかのように牛島のスパイクが打ちこまれる。西谷は倒れこみながらもなんとかレシーブで上げたが、悔しそうに顔を歪（ゆが）めた。

（くっそ、捕えきれねぇ！）

威力を完全に殺しきれず、思ったところに上げられないのだ。落下点に走りこみ、田中が日向へ上げる。

「日向ラスト！」

日向がそれに向かってジャンプし、振りかぶる。だが目の前には天童と五色の二枚ブロック。抜けないとわかった日向はボールを軽く打ち、五色の手の先へ当て、自陣へと戻す。仕切り直しだ。

「ブロックに当てた！」

「リバウンドうまいっ」

日向のとっさの判断に嶋田たちも目を見張る。東京合宿で、梟谷学園の木兎光太郎に教えてもらった技だ。

「もっかいもっかい！」

東峰がオーバーでボールを影山へ。日向がネットへと駆けだし、その前で突如、誰もいないネット前へ斜めにジャンプする。

「うおっ⁉」

予想もしない動きに驚く天童。その後ろで牛島はじっと日向を見据え、構えていた。

脳裏に浮かぶのは、宣戦布告されたときのこと。

『コンクリート出身、日向翔陽です。あなたをぶっ倒して全国へ行きます』

強気な目で睨みあげてくるヒナタショウヨウ。

振りかぶる日向へ影山からの鋭いトス。日向は誰もいないスペースへとスパイクを打ちこんだ。だが――。

バァン！

それをレシーブしたのは牛島だった。日向と影山は思わぬ人物の守備にハッとする。

「……よこせ」

眼光鋭く、有無を言わせぬ声色の牛島に、白布は面食らった。だがそれも一瞬。エースのためなら迷いなどあるはずもない。

「牛島さん！」

振りかぶる牛島から撃ち出される大砲。それは三枚ブロックの真ん中、日向の手を真正面から打ち破り決まった。

「いっ～～～っ!!」

あまりの威力に日向の手は赤くジンジンと腫れあがる。

烏野16ポイント、白鳥沢25ポイント。

日向の痛みとともに第1セットは終了した。

盛りあがる白鳥沢応援団の声援のなか、ベンチに戻ろうとしていた天童は烏野コートを睨んでいる牛島に気づく。悔しげにベンチに戻っていく日向を見ているのだ。

「へーえ……自分にしか興味なさげな若利くんが張りあってるよ。おもしれー！」

ぐっと背をそらせる天童。自分なりの面白ポーズなのかもしれない。

「うぬ～……」

「次、次！」

悔しくて呻（うめ）く日向に田中が声をかける。

ベンチに戻った牛島が控（ひか）え選手からドリンクを受け取っていると、天童が近づいてくる。

「若利くん。烏野10番と知りあい？」

「……道で会った」

「道？」

なんのことやらわからない天童。牛島が誰かにこだわることなどめったにないので、大平や白布たちも興味深そうに近寄る。

「俺を倒して全国へ行くと言っていた」

「え⁉　道で⁉」

それはいったいどういうシチュエーションなんだと驚く天童。だが、牛島はただ事実を

述べているにすぎない。白布が思い出したように言う。

「そういえば牛島さん、部外者を校内に入れて怒られてましたね」

「おもしれ〜、烏野の10番！　だから気に入ったんだ⁉」

そう言う天童に牛島は即答する。

「いいや嫌いだ」

「？」

「根拠のない自信は嫌いだ」

そう言う牛島の横顔には、珍しく不機嫌さが現れていた。

烏野ベンチでは、烏養が選手たちに向かって話している。カメラが回っているが、選手たちも気にすることはない。意識は試合に向かっているのだ。
「焦ることはねぇぞ。5セットマッチの1セット目をとられただけだ。で、このセットだが……」
潔子が烏養に試合中の得点などを記録していたノートを見せる。

「牛島の得点は11点。半分近い点を叩き出している」

「ぬぅ……」

自分がやりたいことを牛島にやられてしまい、悔しがる日向。烏養は続ける。

「だがな、牛島にボールが集まるということは、それだけ白鳥沢を崩していくるということ。直接点になっていない攻撃も必ず後々効いてくる。忘れんな！」

みんな、神妙な顔で烏養の言葉に耳を傾ける。

リードされているときはとくに、すぐに迷いが生じてしまう。今やっていることはこれで正解なのかと。だが、信じられる言葉があれば心強く進んでいける。

「はい！」

烏養の言葉に背を押され、第2セットが始まる。

月の輪
HAIKYU!!

「サッコーイ‼」

西谷が気合を入れる向こう側で、五色がサーブ位置についている。山形が発破をかけた。

「初っぱな決めろよ工！」

「はい！」

サーブ許可の笛が鳴る。五色はボールを高く放り、ジャンプしサーブを打つ。

（いい……！）

手ごたえを感じる五色。鋭く烏野コートへ突き刺さるはずのそれは、駆け寄った澤村に上げられた。ボールは影山へ。

「ぬっ」

五色が悔しそうに顔をしかめたそのとき、ダッといっせいに影山以外の烏野メンバーが駆けだした。同時多発位置差攻撃だ。

（四人同時攻撃……⁉）

ネット前で待ちかまえていた大平は突然の攻撃に戸惑うしかない。白鳥沢の他の選手も同じだった。いっせいに動きだされては、どこを注意したらいいかわからなくなる。

そんな白鳥沢の戸惑いのなか、澤村がスパイクを打つ。

「クッ」

山形がレシーブするが、大きく外へ弾いてしまう。攻撃が決まり、澤村がガッツポーズをする。

「よっしゃー!!」

「いけいけ烏野、押せ押せ烏野!!　いけいけ烏野、押せ押せ烏野――!」

先取点に盛りあがる烏野応援団。試合前と違い、息もピッタリだ。

「攪乱させられたな」

「厄介ですね……」

大平と川西が、喜ぶ烏野チームを見ながら相談する。烏野の攻撃は確かに効いていた。

烏養が見立てた白鳥沢の試合運びは、まず牛島が点を稼ぎリードする。そして余裕が出てきたらセンターにいる天童と川西を積極的に使う。センターが機能しはじめればサイドの牛島や五色たちWSの攻撃に手がつけられなくなる。そうなる前に相手を崩す。烏野にとって、この試合最大の課題である牛島を攻略するためには、とにかく威力の高い攻撃を叩きこみ続け、〝対牛島〟の構図を作らなくてはならないのだ。

烏野のサーブ。東峰が武器として練習してきたジャンプサーブを繰りだす。かろうじて五色が拾うが、ボールはコート外へ。ベンチから菅原が声をあげる。

「よしっ乱した！」

白布が走ってアンダーでボールを返す。

「牛島さん！」

ボールに向かいジャンプし、振りかぶる牛島。その前には影山、月島、田中の三枚ブロック。

バチンッ！

田中の手に当たったボールは、勢い衰えぬまま大きく外へ弾かれた。後ろで構えていた西谷も間にあわない。

「点は取られても今の形にするのがいいんですよね」

「ああ……」

コートを見据えながら作戦を確認する武田に、烏養が慎重に頷く。

「うわ〜〜、またあいつのサーブか〜〜」

サービスゾーンに立つ牛島を見て、冴子がげんなりしたように顔をしかめる。

サーブ許可の笛とともに後衛の澤村、西谷、田中はぐっと腰を落とし、大砲に身構えた。

「若利（わかとし）ナイッサー！」

山形の掛け声を受けながら、牛島が強烈なサーブを撃（う）ちこむ。一瞬でやってきたそれは予想以上に高く、田中に構え直す時間を与えず、肩あたりを直撃した。

「ホグッ！」

跳（は）ね返（かえ）ったボールはネット上部の白帯（はくたい）の上で弾（はず）み、白鳥沢コートへ落ちる。山形が滑（すべ）りこむが間にあわなかった。

「!?」

その予期せぬ得点に、衝撃のあまり涙目で倒れていた田中はあわてて立ち上がり、胸を張る。

「予定どおり!!」

「涙目ですよ」と月島が冷静に突っこんだ。

烏野３ポイント、白鳥沢２ポイント。

「ウシワカ、ぎゃふんと言わしたらぁ!!」

西谷と交代でまるで任侠映画のようにコートに戻っていく日向。

「……日向はウシワカとなにかあったの？」

日向の意気ごみ具合を不思議に思った菅原に、隣の山口が答える。

「なにか、ひと悶着あったらしいです」

「ハァ⁉　知らんとこで他校となにかあるヤツだな～！」

ギョッとし、呆れる菅原。山口の向こうにいた縁下も驚いている。

日向は試合前、不思議と敵チームの選手と遭遇することが多いのだ。

月島がサーブを打つ。烏養は険しい顔で選手たちを見守る。

（守るなよ……臆せず攻撃し続けろ）

バシッ。大平のスパイクが影山のブロックに当たり、ボールが上がった。

「チャンスボール！」

田中が声をかけるなか、月島がアンダーハンドパスで影山の上に。その瞬間、日向がダッと走りだした。

「よこせー！」

駆けこみ、ネット前で素早くブロックのいないほうへジャンプする。予測できない動きに白布が驚愕の眼差しで見上げる。

（またナナメ跳び！）

振りかぶっている日向の手元に影山が正確無比なトスを出す。だが、日向が手を振り下ろすその前に現れたのは、現れるはずのないブロック。

バチン！

「！」

烏野コートに弾き落とされるボール。影山と日向はハッとする。

ブロックに跳んできたのは、天童だった。

「ん、ミラクルボォ〜イ……Sa、To、Ri！」

ひと文字ずつ決めポーズをした後、日向と影山を挑発するように見下して言う。

「若利くんを倒したければ俺を倒してからいけ〜……ってな」

「出た〜……ゲスモンスター……！」

後ろの観客の声に気づいた冴子が、訝しげに天童を見る。

「ゲスってなに？　白鳥沢の5番、ゲス野郎なの？」

「め、目潰しとかしてくるのかな……。気をつけて日向……！」

谷地がムムムッと警戒してコートを見る。嶋田が優しくツッこんだ。

「……それじゃ反則だね……」

コートでは、天童たちのブロックを避けて打った影山のスパイクが、まるでそこに来ることがわかっていたかのように手の角度を変えてきた天童に叩き落された。

「よっしゃー!!」

二連続でドシャットを決めた天童に、応援団も盛りあがる。

バシッ。

大平のサーブを澤村が上げる。

「ナイスレシーブ！」

影山はネット前でボールを待ちかまえながら、そっと東峰とアイコンタクトを取った。

「甘(あめ)えわ」

天童は楽しげにそれを見ながら呟(つぶや)く。

そして東峰には目もくれず、日向のほうへと走りだす。ほぼ同時にネット前でジャンプする日向。天童もブロックへと跳んだ。

だが日向は空中で天童のブロックと反対方向の空(あ)いたスペースを確認し、スパイクを打ちこむ。しかし天童もそれに反応し、即座にブロックの手を移動させ、叩き落とした。

「クッ……！」

西谷がそれに飛びこんで拾(ひろ)おうとするが間にあわない。

これで三連続、天童にブロックを決められた。

「さすがにタイムアウト取ったな」

武田がタイムアウトを要求したのを見た滝ノ上(たきのうえ)が言う。今の流れを断(た)ち切(き)らなければ、対牛島の構図には戻せない。

「あの5番……なんでこうも続けざまにブロックを……」

どうして簡単にブロックされてしまうのか困惑する武田。同じように思っている選手たちに、烏養が言う。

「あの5番のブロックの特徴は、読みと直感。『ゲスブロック』だ」

「ゲス⁉」

冴子や谷地と同じ連想をした日向が驚く。

「GUESS(ゲス)っつーのは推測(すいそく)って意味で、トスが上がる前に攻撃を読み、ほぼ直感で跳ぶ。あくまで個人技頼(わざだの)みなブロックだ。……が、あの5番、その読みが恐ろしく鋭(するど)いんだと思う。考えすぎて惑(まど)わされんなよ」

「アスッ!!」

烏野3ポイント、白鳥沢5ポイント。

「もう一本、ナイッサー！」

続けて大平のサーブ。白帯に当たるも、烏野コートへ零れ落ちる。

「くっ！」

だが滑りこんだ澤村がなんとか拾い、影山がトスに入る。ネット越し、待っていた天童の前で影山がトスへとジャンプした瞬間、天童は直感に身を任せ、レフト側でジャンプしている日向の前へ。だが――。

「！」

天童がハッとする。影山がバックトスを上げたのは、まさかの澤村。

「間違えたあああああ!!」

見事なほど囮に引っかかった天童が叫ぶなか、澤村がスパイクを打つ。だが、すんでのところで山形が飛びこんでレシーブ。ボールはそのまま烏野コートへ返る。

「もっかいもっかい！」

「シャッ！」

澤村の声に西谷が応え、オーバーで影山へと上げる。

「オーライ！」

影山はトスに構えながら、さっき言われた烏養の言葉を思い返す。

『天童の動きに規則性はないと思ったほうがいい。それと、こういう相手こそ……左右の横幅目いっぱいだ……！』

つまりワイド移動攻撃。いくら読みが当たっても、届かなければ意味がない。

ダッとコート端へと走る日向を、ネット越しに天童が必死に追う。

「よく動くことよ！」

素早い日向の走りは天童を追いつかせず、五色のブロックを避け、スパイクが打ちこまれる。反応の遅れた山形のレシーブは弾かれ、決まった。

「しゃあああ!!」

「ウォォォォー!!」

喜びをあらわにする烏野。天童は疲れた様子で、みんなと喜んでいる日向を見て厄介そうに言う。

「あの10番のタイミングの早えことよ。ほんっのワンテンポ遅れれば、もう届かない」

そんな天童に後ろから大平の声がかかる。

「さっきの『間違えたあああ』、はスルーの方向かな？」

「!!　……さいでゲス……」

痛いところを突っこまれ、天童はごまかすように明後日(あさって)の方向を見た。

烏野15ポイント、白鳥沢17ポイント。

一人時間差で打った天童のスパイクに月島のブロックが当たった。

「ワンチ!!」

「チッ」

叫ぶ月島に天童が舌打ちする。

そして大平のスパイクも。

「ワンチ」

「チャンスボール！」

東峰が叫ぶ。

（うっとうしい……！）

月島を見上げて白布が苛立たしそうに眉を寄せる。少し前から、止めないまでも月島が連続で必ずスパイクに触れてくるのだ。

影山のトスは田中へ。渾身の力で打ったスパイクは、後衛で待ちかまえていた五色と山形の、ちょうど間をめがけて飛んでくる。ふたりは同時に動きだし、パッと目があう。

「！」

思わず立ち止まってしまった次の瞬間、スパイクが決まった。

「ッシャアアアアア‼」

雄たけびをあげる田中と喜ぶ烏野。だがそれを上回る怒号が会場に響き渡った。

「今のは工だべや、バカがあああああ‼」

「⁉」

喜び一転、なにごとかとギョッとする烏野。気の弱い東峰は怯える。

「見合いなら女とやれやあああ‼」

あまりの迫力に目を剝いている武田の隣で、あきれたように烏養が苦笑する。

「……出たな～鬼監督……。今日は静かだと思ってたのに」

試合中、大声で喝を入れるのはいつものことらしい。

烏野16ポイント、白鳥沢17ポイント。

サーブに回った月島と交代で菅原が入る。

「スガ、ナイッサァ！」

澤村の掛け声を受けながら、菅原がフローターサーブを打つ。緩く狙って放たれたボールは白鳥沢コート前方へと落ちた。

「獅音、前！」

「くっ！」

大平が膝をつきながらなんとかレシーブする。白布が短く上げたトスに天童がAクイックでスパイクを打ちこむ。日向のブロックを越えて飛んできたそれを澤村がレシーブする。

その直後、影山と菅原がアイコンタクトする。そして瞬時に互いの位置を入れ替えた。

（スイッチ！）

そして影山を含めた全員でネットに向かって走りだす。

（からの……同時多発位置差攻撃!!）

菅原のトスは影山へ。大平と天童のブロックを避け、影山のスパイクが決まった。

「ッシャアアア！」

「ナイス影山！」

拳を握りしめ、雄たけびをあげる影山の背を、菅原がバシッと叩く。同点に追いついたのだ。

「んがァ！　こざかしい！　孫の代になっても変わんねーな！」

心底(しんそこ)悔しそうな顔をして吐き出す鷲匠(わしじょう)に、コーチの斉藤(さいとう)が思い出したように聞く。

「ああ、烏野のコーチは烏養先生のお孫さんでしたね」

「烏養……昔から〝新しいこと〟こそが強さだと思っている、いけ好かねー男だわ」

鷲匠はその名前に、苦虫(にがむし)を嚙(か)みつぶしたような顔になる。

(これはコンセプトの戦いだわ。烏野とは昔っからそうだ。いい機会だ。高校生という、今現在、どっちが強いか勝負)

「相変わらずいい面子(メンツ)揃えてんなあ、鷲匠先生」

後ろから聞こえてきたその声に、嶋田たちが振り返る。そこに立っていたのはガタイのいい、いぶし銀な老人だった。

「!!」

まさかの人物の登場に、明光と嶋田と滝ノ上がビシィッと腕を揃えて挨拶をする。

「チワース!」

このおじいちゃんいったい何者なのかと見つめる谷地に、冴子が耳打ちする。

「昔のおっかない監督だ! 烏養くんのじーちゃん!」

「! ああ!」

確かに言われてみれば似ている風貌に谷地は納得する。

烏養一繋は元監督で、『烏野の烏養』と全国に知られたほどの監督だった。だが病気のため入院し、監督業を休んでいた。退院した今は、自宅のコートで近所の子供やママさんバレーの人たちにバレーを教えていて、日向もそこで特訓してもらっていた。

ちなみに現役のときの指導がとても厳しかったことで知られ、その指導を受けていた嶋田たちはその頃のことが蘇るのか緊張を隠せない。

バシィッ!!

大平の強烈なスパイクをレシーブしようとした菅原が、その勢いに押され倒れこむ。ボールは弾かれ外へ。

「よっしゃああ!!」

喜ぶ白鳥沢チーム。

烏養はどこか達観したように口を開いた。

「……鷲匠先生は昔から変わんねえ」

「?」

烏養の声に、心配そうに眉を寄せていた武田が振り向く。

「シンプル・イズ・ベスト。高さとパワーを愛し、いつもアンテナを張り巡らせて、強い選手を見出し集める。牛島みたいな主力選手を文字どおり軸として、それらを邪魔しないのが……」

「牛島さん!」

コートでは白布が上げたトスに、牛島が跳ぶ。その前には日向と影山の二枚ブロック。だが、大きく振りかぶり打ったスパイクは、影山の手を力でねじ伏せるように弾き、決まった。

烏養は言う。

「白鳥沢のスタイルなんじゃねえかな」

鷲匠の高校バレーの考え方は、実に効率的なものだった。毎年入れ替わってしまうチームでやれることは限られる。それよりも〝いい素材〟をいい形で磨くことが一番だと。たとえ元のチームで弾かれていた者でも、鷲匠の強さの基準に当てはまれば関係ない。そしてスパルタと練習量でひたすら個を鍛える。

個々の力をかけ算するのではなく、足し算する。もともと力のある者たちが厳しく鍛えられ、さらに増した個々の力を足して真正面から殴ってくる。それが白鳥沢なのだ。

バァン!!

そしてまた牛島の大砲が打ちこまれる。三枚ブロックをものともせず、真ん中の月島の腕を大きく弾いて、スパイクが烏野コートを殴りつけた。勢いで高く跳ね返るボールは、まるで力の差を見せつけてくるようだ。

「よっしゃー!!」

盛り上がる応援団の歓声のなか、牛島は平然としている。当たり前のことを当たり前にしただけなのだ。そんな牛島の前で、月島は人知れず悔しそうに震え、歯を食いしばっていた。


一方、白鳥沢のベンチでは、天童がひとりノリノリで自作の歌を歌っている。

「バッキバキに折〜れ、なにを？　心をだよ〜。粉々に砕け〜！　なにを？」

「!?」

急に天童に振られ驚く瀬見だったが、ちゃんと考え答える。

「……ブロック？」

だが違ったようだ。

「精神を〜だよ〜〜」

ひとしきり歌って満足したのか、天童はゆっくりと月島を見据える。

「……しつけえなあ、眼鏡小僧」

月島はさっきの悔しさなど微塵も残さずコートに立っている。冷静な瞳の下に、不似合いな野心を隠しながら。

月島がバレーに全力を出さなくなったのは、小学生の頃のこと。

中学生でバレー部の主将でエースだった明光の影響で、地元の少年団のチームに入った。試合で活躍する明光は幼い月島にとって憧れのヒーローで、バレーを始めてからはそんな思いがさらに強くなっていった。

だが、その当時はまだ強豪として名を轟かせていた烏野高校バレー部に入った明光は、徐々に変わっていった。幼い月島はそれに気づくこともなく、強豪バレー部でエースであろう兄をますます尊敬していった。

そんなある日。緊張するから来るなと言われていた烏野の試合を、月島は山口たちと観にいった。3年になっていた兄の県内での最後の試合だからどうしても行きたかったのだ。

だが、そこで知った憧れの兄の真実。

エースはおろか控え選手にも入れず、観客席から応援していた。

自分と目が合った兄の愕然とした顔に、月島の口から思わず言葉がこぼれた。

——カッコ悪い。

だが、それは兄に向けての言葉ではない。たかが部活のことだったのに、それを兄のすべてであるかのように思いこみ、結果、不要な嘘までつかせてしまった、自分への戒めの言葉だった。

そして思った。届きもしない高みなど、最初から目指さないほうがいい。全力でやればやるほどあとで苦しくなるのだから。

しかし、そんな思いとは真逆の現在のチームメイトたち。

勝つために全力でぶつかっていく周りに、二度目の東京合宿中の月島は苛立ちが募った。

だがそれを壊したのが山口の言葉だった。

同じポジションの日向と自分を比べ、自ら自分の可能性に線を引く月島をカッコ悪いと、そして強くなるための原動力はプライド以外になにがいると言いきった。

けれどそれだけでは納得できず、月島は半ば強制的にブロック練習につきあわされていた梟谷学園の木兎と、音駒高校の黒尾鉄朗に尋ねた。木兎のお守役として、赤葦京治もいる。

「僕は純粋に疑問なんですが、どうしてそんなに必死にやるんですか？　バレーはたかが部活で、将来履歴書に『学生時代、部活を頑張りました』って書けるくらいの価値じゃないんですか？」

真剣に聞いていた木兎がニッと笑って口を開く。

「月島くんさー、バレーボール楽しい？」

「……？　……いや、とくには……」

「それはさ、へたくそだからじゃない？」

「!!」

木兎にズバッと言われ、ショックを受ける月島。木兎の喰ってかかるような妙に迫力のある目で見られ、月島は思わず身体を退く。

「将来がどうだとか、次の試合で勝てるかどうかとか、ひとまずどうでもいい。目の前のヤツ、ブッ潰すことと、自分の力が１２０パーセント発揮されたときの快感がすべて」

それは人としての原始的な本能なのかもしれない。強さとは生き残っていくこと。自分の本能に正直な目の前の男の熱に月島は声もなく圧倒される。

「…………」

「まあ、それはあくまで俺の話だし、誰にだってそれがあてはまるわけじゃねぇだろうよ。お前の言う、たかが部活ってのも俺はわかんねェけど、間違ってはないと思う。ただ、もしもその瞬間がきたら……」

木兎が月島を指さす。

「────」

その次に言われた言葉に、月島は目を見開く。それはまるで、突き刺さるような予言だった。

「あの……」

タイムアウト終了後、コートに向かっていくメンバーに月島は声をかける。

「三枚ブロックのときのタイミング、僕に任せてもらえませんか」

田中がレシーブし、影山のトスはCクイックで入ってきた月島へ。だが目の前には天童のブロックが立ちはだかる。

「……！」

ハッとした月島だったが、直前でとっさにフェイントにきり替え、トンッと軽くアタックした。その前にいた白布が滑りこんでなんとか拾う。五色が声をかけた。

「白布さん、ナイスレシーブ」

（とっさにセッターを狙ったな）

白布の代わりにトスに入りながら大平が、月島の冷静な攻撃にわずかに顔をしかめた。

「若利！」

大平のトスにあわせ走りこんでくる牛島に、影山、月島、東峰がブロックに備える。

「……いきます。ゆっくり。せぇ〜〜……」

牛島のタイミングを見計らう月島の声にあわせ、三人一緒にためる。そして。

「…のっ！」

絶好のタイミングでブロックに跳ぶ三人。だが、狙いは止めることではない。

バァン！

ブロックを抜き、打った牛島のスパイクを、正面で西谷がレシーブする。全身で威力を殺した完璧なレシーブだった。

「シャアア!!」

きれいに上がったボールは、攻撃に余裕を与える。

（セット終盤……やっと上がった貴重なレシーブ……。ゼッタイ……こっち！）

天童はエースに上がるだろうと推測し、東峰の前へと走る。だがトスが上がったのはネットに走りこんだ月島。

「マジかよん」

唖然(あぜん)と見上げる天童の視線の先で、月島のスパイクが決まった。

「よっしゃ～～!!」

ベンチで日向たちが歓喜(かんき)の声をあげる。粘(ねば)り強(づよ)く仕掛け続けたトータル・ディフェンスが鮮(あざ)やかに決まった。

月島はひとり静かに集中する。

（相手セッターに、ブロックを欺(あざむ)いてやったという快感も達成感も与えてはならない）

「オーライ！」

烏野からのサーブを山形がレシーブする。「ナイスレシーブ」と声をかけ、白布がトスの体勢に入るのを見ながら、月島はブロックに備えている。

（執拗(しつよう)に、執念深(しゅうねんぶか)く、かつ敏捷(びんしょう)に、ぜったいに）

白布のトスに川西が跳ぶが、ボールは高く上げられライト側へ走りこみジャンプする牛島へと。月島はダッと走りこみ、東峰とともにブロックへと跳んだ。

（ただでは通さない）

バチーン！　スパイクが月島の左手に当たる。それを見た白布が「チッ」といまいましそうに舌打ちをする。

（プレッシャーを、ストレスを、与え続けろ）

弾いたボールは高く上がり、コート外は確実――かと思われたそのとき、力強くコートに踏みこむ足があった。

ダンッ!

ジャンプした日向は、空中でボールをコート内に戻す。スーパープレーにベンチで烏養が思わず立ち上がり、叫んだ。

「繋げぇぇぇ!!」

日向はそのままネット前へと全力で駆け上がる。そして跳んだところに影山の鋭いトス。

バンッ!!

突然の素早い攻撃に白鳥沢は誰も動けず、スパイクが決まった。着地に勢いあまりそうになった日向だったが、身体をそらせなんとかネットタッチは免れる。

「……!!」

「よっしゃー!!」

烏野21ポイント、白鳥沢21ポイント。

それから一進一退の攻防が続いた。
東峰のジャンプサーブがラインギリギリで決まり、苛立つ鷲匠。
大平が作った隙をつく、天童のダイレクトスパイク。
牛島の強烈なスパイクに、レシーブで追いすがる澤村。
白布のツーアタックをブロックする月島。だが弾かれる。
日向と影山のブロックをものともしない牛島のスパイク。
天童のスパイクを弾き落とす月島。
大平のブロックを弾き、決まる田中のスパイク。冴子が声援を送る。
烏野24ポイント、白鳥沢24ポイント。
天童のスパイクを日向がブロック。
天童が田中のスパイクをドシャットする。
日向のブロードに天童が意表をつかれ、その隙に田中がスパイクを決める。
烏野26ポイント、白鳥沢25ポイント。
逆転され、鷲匠はタイムアウトを取り、選手たちに指示を出す。
白布のフェイントに日向が引っかかる。
五色が澤村と日向のブロックを抜き、スパイクを決める。

烏野26ポイント、白鳥沢27ポイント。

ネット前、跳んでいる日向へ後方からの影山のトス。鮮やかな速攻に白鳥沢は誰も動けない。苛立ちを募らせる白布。

腕まくりする日向に両手をあわせるように伸ばす影山。どこまで続くか誰も判断できないマッチポイントだったが、気力はまだ十分だ。

澤村、日向、東峰のブロックを抜いた牛島のスパイクに西谷が食らいつく。身体ごと吹っ飛ばされながらもなんとか上げた。


烏野29ポイント、白鳥沢28ポイント。

影山のスパイクが白帯に引っかかり、白鳥沢コートへ。思いがけないボールに川西がとっさに片手を伸ばして拾う。

澤村、月島、東峰のブロックの上から叩きこまれた強力な牛島のスパイクに、影山と田中が動けず目を見開く。

烏野29ポイント、白鳥沢29ポイント。

コート端へ駆け、跳ぶ日向に影山のトス。天童も追いかけたが日向のスピードには間にあわず、スパイクが決まる。

烏野30ポイント、白鳥沢29ポイント。

そして、やっと均衡が崩れる時が訪れる。

「牛島さん！」

白布のトスに走りだす牛島。同時に影山、月島、東峰がブロックの位置につく。

「せ〜の！」

月島の声にあわせ、ジャンプした牛島のブロックへと跳ぶ。

ブロックを避け、ストレート側に打ったスパイクを西谷がレシーブする。だがわずかに角度がズレてしまいボールは高く上がった。白布は苛立ちのまま吐き出す。

「しつっこい！」

「返せ返せ！」

飛びこんでなんとか田中が繋いだボールを、東峰の声を受けながら、澤村がアンダーで白鳥沢へ返した。

田中が起きあがりながら言う。

「大地さんナイス！」

「チャンスボール！」

そう言いながら山形がレシーブしたボールは柔らかく上がり、白布の上に。走りだす川西の先には月島がいる。

白布は上がるボールを見ながら、今までの苛立ちを思い出す。

ほぼ毎回といっていいほど触ってくるブロック。そしてスパイクを拾うリベロ。

なぜ一発で決まらない。決められない。――決めてやる。

（うちのスパイカーに……）

白布は苛立つままトスを上げる。囮で跳んだ川西を越え、ボールは牛島へ。

（道を空けろ！）

月島は見逃さなかった。その焦りを含んだ綻びを。

（待ってたよ）

瞬間、白布はゾワリと寒気を感じた。まるで、いつのまにか蜘蛛の巣に引っかかってしまった虫のような、得体のしれないものにずっと見られていたような恐怖に、身体を支配される。

牛島のジャンプにあわせ、月島が東峰とともにブロックへと跳ぶ。

東峰と月島の間に空いた隙間目(すきま)がけ、牛島は腕を振り下ろす。だが――。

バシィッ……!!

その隙間に伸びてきたのは月島の腕(うで)。真正面から牛島のスパイクを叩き落とした。

突然のことに、牛島の目が驚きに見開かれる。

「ウシワカ止めたァァ!?」

「誰だアイツ」

「知らねー!! すっげー!」

牛島がドシャットされることなど想像もしなかった観客たちが、興奮して叫ぶなか、白布は悔しそうに拳を握りしめ、うつむいている月島を睨む。

烏野31ポイント、白鳥沢29ポイント。

「第2セット取り返したー!!」

騒然(そうぜん)となる会場。着地したその場で月島はひとり、うつむいたままだ。
(たかがブロック一本、たかが25点中の1点……。たかが、部活)

ボールを弾き返した手がジンジンと赤く痛み、熱を持つ。

脳裏に木兎に言われた言葉が蘇った。

『もしも、その瞬間がきたら……それがお前がバレーにハマる瞬間だ』

手から全身へと熱が駆け巡る。とめどないその熱を生む左手を、月島は高く掲げ握りしめ叫んだ。

「シャアアアアアアア!!」

会場中に響き渡る咆哮は、まるで産声のように力強い。

「月島アアアアアアー!!」

直後、すごいスピードで近づいてくる声に月島はハッと我に返る。田中と西谷はいつもつれない後輩の熱い叫びと偉業に、全身で喜びを表した。田中は嬉しさの腹パンをし、西谷は抱きつき腕を齧る。

「イダダ!」

影山は先輩の激しい愛情表現を受けている月島に注視し、考えを巡らす。

(今のウシワカのスパイク、助走もジャンプも余裕がなかった。いや、待ってたのか?)

牛島のスパイクが不完全になったのは、白布のトスがわずかに乱れたからだった。ほんの少しだけネットに近く低かった。それを誘い出したのは、繰り返されたワンタッチやしつこい攻撃。

攻撃がすっきり決まらないとき、ストレスやプレッシャーが積(つ)もっていくのはセッターだ。その綻びを月島はずっと待っていたのだ。

乱れたトスに、わざと空(あ)けたブロックの隙間(すきま)。月島が一本のスパイクを止めるために、しかけ続けた策だった。

「月島ァ！」

ベンチに戻ってきた月島に日向が近づき、ニッと笑いサムズアップして言った。

「〝100点の1点〟だな！」

「！」

その言葉に月島が反応し、わずかな笑(え)みを見せた。

それは合宿中、木兎や黒尾たちと自主練(じしゅれん)している最中のこと。
「黒尾さん！　黒尾さんだったら、その……なんだっけ……ウシワカ丸？　止められるんすか？」

音駒の灰羽リエーフが無邪気に言った言葉に、日向がつっこむ。

「ウシワカだっつーの！」

月島は後ろで自分のドリンクを用意しながら、なんとはなしに聞こえてきた会話に耳を傾けた。黒尾は頭を撫でながら答える。

「え～？　……まあ10本に１本くらいは止められんじゃねぇの？」

「………」

期待外れの答えだったのか白けたようになる後輩たちに、黒尾は丁寧に説明する。

「なんですか、手の内がわかってる木兎とは相手が違うんです。俺は正直に言ったんです」

そしてボールを器用にくるくると指で回しながら続けた。

「相手を１００パーセント攻略するなんてムリだろ？　その一本が単なる1点の場合もあるし、タイミングによっては形勢をひっくり返す1点にもなる。チームが盛りあがってるときに、あるいは絶望的なピンチのときにチャンスを作り出し、その一本を決められたんなら十分１００点の1点に……」

「1点なのに１００点ってなによ!!」

木兎に突っこまれ、黒尾は返す。

「俺も言っててよくわかんなくなってきた」

「……いい話だと思って聞いてたのに」

あきれたようにそう言いながら月島に近づく赤葦。

「そーか、黒尾はバカだな！」

「なっ⁉　バカにバカって言われたくないね！」

「バカって言うほうがバカなんだぞ！」

まるで小学生のようなやりとりをする先輩木兎と黒尾を見ながら、月島は赤葦に言う。

「でも、1点はただの1点ですよね」

「……まぁね」

確認しながらも、どこかひっかかっているような月島の様子に、赤葦はフッと笑って優しく返す。

そんなふたりの視線の先で、リエーフが大人（おとな）げない先輩の間に入った。

「まぁまぁどんぐりの背比べみたいなこと言ってないで仲よくしましょうよ」

「一番のバカが偉そうに言うな‼」

「⁉　一番は日向でしょ！」

黒尾からの口撃に反論するリエーフ。思わぬ飛び火に日向は「うぁ⁉」と心外の声をあげる。

ただの1点。たかが部活。そんな価値観がひっくり返ることなど月島はまだ知らない。

全力を傾けて得た、たかが1点を取るまでは。

奪われた1セットを取り返し、迎えた第3セット。

このまま波に乗れるかと思われたが——。

バァン!!!

いっさい容赦(ようしゃ)ない牛島の大砲が西谷を吹っ飛ばし、決まる。

「オッシャアァアッ!!」

烏野18ポイント、白鳥沢25ポイント。

地力(じりき)の差を見せつける圧倒的な力で烏野はねじ伏せられた。

月島にいいように翻弄(ほんろう)された白布だったが、気持ちをきり替え、本来の白鳥沢のリズムに戻してきたのだ。

「さぁいきましょう！」

「さぁいきましょう‼」

コートチェンジ中も白鳥沢応援団の声が響き渡る。

日向は移動しながら、コートを移動する牛島を睨んでいた。するとすれ違いざま、視線に気づいた牛島が立ち止まり日向を見下ろしてくる。

「⁉」

思わず固まる日向に、牛島は初めて会った日、ボールを取られたときのことを思い返しながら言い放つ。

「……あんな動きをするなら、きっとレシーブもブロックもうまいのだろうと思っていた。高さで勝負できないのに、技術も稚拙でどうするんだ？」

「………‼」

ガーンとショックを受ける日向の脳裏に、谷地と勉強したときのことが蘇る。

『稚拙——幼稚で未熟な様子。下手。ＯＫ？』

『ＯＫ！』

稚拙の意味を読みあげてくれた谷地にバッチリとサムズアップした自分。

その自分を思い出して、牛島になにも言い返せず立ち尽くす日向。今までさんざん下手だと言われてきたが、過去最大級に心を抉（えぐ）られた。

個VS数
HAIKYU!!

「しーらとりざわ！」

ダダンダンダダン!!

休憩中も白鳥沢の応援は続く。

「座れオラ！　ちょっとでも休め！」

貴重な休憩時間に、烏養が選手たちをベンチに座らせ休ませる。

「もーいいかげん、慣れてきたろ？　決勝の雰囲気にも白鳥沢の大砲にも。やってることは基本的に間違ってない。迷うな。攻撃も守備も、数の有利を作り出すことが勝つ道だ。忘れんなよ」

「アッス！」

そして選手たちを励ますように声をかけ、送り出す。

第4セット開始を待っているベンチで、「そういや」と菅原が思い出したように隣の山口に尋ねた。

「日向、セット間にウシワカになにか言われてなかったか？」

「あぁ、はい」

山口は牛島のモノマネをした日向を思い出す。わりと似ていた。

『下手くそなチビに生きる価値はない』

「――だそうです」

「ホントかよ⁉　被害妄想入ってねぇ⁉」

信じられない菅原に「意味的にはそうだそうです」と山口が答えると、菅原は苦笑した。

「そう言われて日向どうすんだろ」

そんな菅原に縁下がやや引き気味に言う。

「笑うトコっスか？」

「いや、だって」と菅原はさらに楽しそうに笑った。

「そう言われて心折れるヤツなら今ここにいねぇべし」

コートで日向はまっすぐ牛島を見据え、舌なめずりをする。調子がいい証拠だ。
サーブ許可の笛が鳴り、月島がサーブを打つ。威力はさほどでもないが、山形と五色の

ちょうど真ん中へ向かう。菅原が喜色を浮かべた。

寸前で五色がオーバーで返すが、焦ったためかボールは思ったより飛ばない。

(間！　いいトコ！)

「スミマセン、短い！」

白布が落下点に入り、トスを上げる。

「大平さん！」

日向は走りながら、ネットの向こうでボールを見上げている牛島を悔しそうに睨む。

すさまじい威力のスパイクを生み出す、腹立たしいほど恵まれた高く大きいその体躯。

(ああクソ、でっけえのうらやましい!!　うらやましいけども！)

そしてセンターあたりで急に立ち止まったかと思うやいなや、バックステップで距離をとった。そして全力でネットへ向かって走りだす。

(!?　ブロックなのに……まるでスパイクの助走……！)

ギョッとする烏養。観客席では一繋がその走りに興奮気味に目を見張る。

(……助走こそ人工の翼)

跳び上がる直前、日向は両腕を後ろへ広げる。

それはまるで翼。黒くたくましい、烏の羽。

勢いのまま踏みこんだ日向が、大平のスパイクを跳(は)ね返(かえ)す。

「！」

驚愕(きょうがく)する大平。山形がレシーブに飛びこむが、間にあわず決まった。

「ウォォォ、止めたぁぁぁ‼」

小さな体軀の日向の高いブロックに、観客が思わず声をあげる。

「うらやましいけども……」

ネット越し聞こえてきた声に牛島は不機嫌(ふきげん)そうな顔で振り返る。そこにいたのはニッと得意満面な日向。

「高さで勝負しないとは言ってない‼」

どんな辛辣(しんらつ)な言葉にも日向の心は折れない。それどころか、それを糧(かて)にさらに強くなるのだ。

「……なんだ。お前いたのかよ」
「‼」

後ろから突然かけられた声に、観客席の最後列で隠れるように観戦していた及川徹はハッとする。振り向かなくてもわかる幼馴染。

岩泉一は、椅子をまたいで及川の近くに立った。

「どっちが勝ってもむかつくから行かねー、って言ってただろ」

及川はいたずらが見つかった子供のように顔を強張らせていたが、すぐにいつものような笑みを浮かべ開き直る。

「どっちが勝っても、どっちかの負けっ面は拝めるからね！」

「うんこ野郎だな」

「悠長にイジケてらんないんだよ」

準決勝で青葉城西が烏野に負けたのは昨日のこと。

昨日の今日で傷が塞がるわけもなく、試合を見にくるのはそんな傷口をさらに広げるようなもの。けれどどうしたって気になるのは当然で、さんざん迷いながらも及川は自分のなかでケジメをつけるために見にきたのだ。

ふたりは互いの顔を見ることもなくコートを見下ろす。岩泉は及川とひとつ席を空けて腰を下ろし、言った。

「それにしてもあの10番、あいかわらずの運動量だな」

俯瞰(ふかん)で見るとよりはっきりとわかる日向の動き。及川が半(なか)ばあきれたように答えた。

「確かにバケモンだよ、あれは……。でも、そのバケモンにつきあわされるほうは、たまったもんじゃないけどね」

及川の視線の先には誰より煩(わずら)わしい後輩がいる。


日向のブロックは確実に白鳥沢に衝撃を与えた。

今までさほど気にしていなかった日向のブロックが、スパイクを止める高さを持ったものに変わったのだ。

（ジャンプのてっぺんジャンプのてっぺんジャンプの、てっぺん！）

走りこみ、思いきり跳ぶ日向。影山(かげやま)と一緒に大平のスパイクに備える。

「………！」

大平はブロックに圧力を感じ、フェイントにきり替え、ふわりとブロックを避け打ちこむ。東峰(あずまね)が叫んだ。

「前、前！」

「っ！」

澤村がとっさに拾って上げたボールを、影山が囮の日向を越して田中へ。

バチンッ！

田中のスパイクが天童のブロックに当たり、高く弾かれる。

「ワンチ！」

「チャンスボール！」

五色がレシーブし、白布へ。天童が囮に跳びながら牛島を呼んだ。

「若利くん！」

牛島の前でブロックに備えながら、田中は走りこんでくる日向を見る。

（来い、日向）

日向の全力ジャンプでのブロックは、全力のあまり、勢いあまってコントロールができない。だが、かといってコントロールを優先すれば脅威を与えるブロックではなくなってしまう。だから烏養は全力で跳ぶことを優先させ、その代わり日向をサイドで支えることにしたのだ。

日向が走りこみ全力で跳ぶ。ブロックしながら田中が、勢いで空中を流れる日向を身体で止める。

(俺が支(ささ)える!!)

バァン!!

牛島の強烈なスパイクが、日向の腕を弾いた。

「ワンタッチィィ!」

「オーライ!」

上がったボールを東峰が影山へ。そのとたん、レフト側にいた日向がライト側へと駆けだした。

センターにいた天童は、通り過ぎる風のような日向に思わず視線を奪われた。

(そっから逆サイドかよ! クソが)

次の瞬間、囮だと気づき視線を戻した天童が見たのは、影山が田中へとトスを上げているところだった。あわてて跳んだ天童のブロックも間にあわず、白布のブロックを抜いてスパイクが決まる。

「シャアアアアア!!」

「田中よく支えたァ!」

思わず立ち上がる烏養。その両隣で武田(たけだ)も潔子(きよこ)も鮮(あざ)やかなプレーに目を見張っている。

「後輩を、支えてこその、先輩だ!」

「五・七・五！」

胸を張る田中に、あわせる菅原。ここでも先輩後輩のナイスコンビネーションが発揮された。

谷地が嬉しそうに言う。

「烏野ブレイク！」

烏野19ポイント、白鳥沢18ポイント。

白鳥沢のタイムアウト。

ベンチではリードされた選手たちを前に、鷲匠が大げさな身振り手振りで興奮していた。

「全体的に肘が下がってきてる！　ブチ抜けるもんもブチ抜けねぇだろが！　でっけえ図体してんだから！　もっとこう……こう……」

興奮のあまり言葉に詰まる鷲匠に、斉藤がフォローを入れる。

「ダイナミックに？」

「そう！」

だが、フッと真顔になり続けた。

「……確かに烏野の守備は、試合中に進化している。たとえ付け焼刃であってもな。――だが」

「穴のない守備など存在しない」

鷲匠に視線を向けられ、冷静に答える牛島。鷲匠はわずかに笑みを浮かべ頷く。

自分が集めた信頼に足る強さに。

タイムアウトが終了し、日向と交代で入った山口がサービスゾーンに立つ。

(個人の身体能力、高さとパワー)

コートを見据えながら烏養は思う。

(それだけが強さの証明なら試合はもっと単純だ。でもそうじゃねえから奥が深く、そうじゃねえから面白いんだ)

研ぎ澄まされた個の力。それに劣っている者は個の力だけでは勝てないかもしれない。

だが、そんな個々の力があわさったとき、予想もできない強さが生まれる。

そんな未来を思い、烏養は強気な笑みを浮かべた。

サーブ許可の笛が鳴り、山口は厳しく前を見つめ小さく息を吐く。

(今度こそ、チャンスを創ってみせる!)

第3セット終盤、一度ピンチサーバーとして入った山口だったが、思いのほかボールが浮いてしまい、アウトになっていた。

山口はジャンプフローターサーブを打つ。ふわふわと無回転で放たれたボールは、狙っていた白帯に引っかかり白鳥沢コートへ。

「ネットイン! 前!」

白布の声に山形が滑りこんでレシーブする。

「あいよ!」

上がったボールにトスに入る白布。川西がネット前でジャンプし振りかぶるが、トスを待っていたのは牛島。走ってくる牛島の前に、影山、月島、東峰がブロックに備える。

「いきます! せ~……の!!」

月島の声にあわせ、三人がブロックに跳ぶ。だが――。

ポン……ッ。

大きく振りかぶった牛島が軽くボールに触る。まさかのフェイントに愕然とする烏野。

田中が思わず吐き出す。

「くっそが……！」

振り返りながら影山が手を伸ばす。後衛（こうえい）の澤村たちも手を伸ばすが間にあわず、目の前でボールはコートに落ちた。

「狙われた……空いてるスペースを……」

「それでも影山、今のは取れたと思ったんだが」

悔しそうに観客席から身を乗り出している嶋田（しまだ）と滝ノ上（たきのうえ）。

白鳥沢のベンチで、天童がコートの影山を見ながら口を開く。

「あの10番のムチャクチャな動きの攻撃を成立させ、試合開始から当然のように維持し、試合中、誰よりも多くボールに触る。先に限界がきたのは、アッチかもね」

影山は肩を上下させ荒い息を続けていた。

なかなか平静に戻らない呼吸に、疲労した身体。

誰に言われるまでもなく影山自身が一番それを感じていた。

白鳥沢のサーブ。サービスゾーンに立つ牛島に、後衛の東峰、澤村、西谷（にしのや）が備える。

「サッ、コーイ!!」

牛島がボールを高く放り、ジャンプサーブを打つ。だがそれは白帯に引っかかった。

「⁉」

ハッとする烏野。澤村と西谷が飛びこんで腕を伸ばす先でボールはコートに落ちた。

烏野25ポイント、白鳥沢26ポイント。

白鳥沢のマッチポイント。第1セットと第3セットを取っているため、このセットを白鳥沢が取れば、そこで白鳥沢の勝利となる。

あと1点、取られてしまえば試合終了――。

牛島のサーブに対して身構えながら、澤村は深く息を吐き出す。

集中していても、瀬戸際に立たされていることを感じてしまう。ガラガラと音を立て、足元が崩れそうな錯覚がする。

あとがない。声にしなくても全員が感じていた。

あとがないから、ここで踏ん張るしかない。

ピッ。

サーブ許可の笛が鳴り、牛島がボールを放りジャンプサーブを打つ。

ドンッ‼

まるで息の根を止めるように渾身の力で打ちこまれたサーブは、コート端へ。澤村が必死に叫んだ。

「にしのやああ!!!」

バァン!!

西谷が決死の覚悟で飛びこみ、レシーブする。だが牛島の威力が込められたボールを、なんとか拾うだけで精一杯だった。

(クッソ鬼サーブ……!!)

完璧なレシーブができず西谷は顔を歪める。必死で拾ったボールはそのまま、白鳥沢コートへ。そのチャンスボールを大平がスパイクするが、影山と月島が空中でぶつかりながらブロックへ跳んだ。ちょうどふたりの手が重なり強固になったブロックにスパイクが弾き返され、レシーブで受け止めきれずボールは外へ。

「しゃあああ!!」

首の皮の繋がった1点に咆哮する烏野ベンチ。コート外にいても戦う気持ちはひとつだ。

観客席で道宮たちも思わず歓喜の声をあげる。

「防いだ〜!!」

「やった〜!!」

月島と交代し、菅原がサーブに立つ。

「スガ、一本ナイッサー」

澤村の声を受けながら、菅原がサーブを打つ。狙いすましたボールは空いている白鳥沢コート前方へ。山形が叫ぶ。

「レオン、前！」

「くっ！」

大平がなんとか拾ったボールを、白布が天童へトスする。日向のブロックを直前で避けた天童のスパイクを菅原がレシーブして上げた。

「ナイスレシーブ！」

直後、ライト側へ駆けだす日向と、トスの体勢に入る影山。

そんな影山をネット越しに天童が目で追う。

今まで見てきた影山のトスフォームは、直前まで誰に上げるか覚(さと)らせない、一糸乱れぬ見惚(みと)れるような様式美(ようしきび)があった。それが今は——。

（美しいフォームが……乱れてるよ！）

天童は推測しなくてもわかった日向へのトスに、ブロックへと跳ぶ。

バチンッ！

「!」

天童の手で弾き落とされるボール。ハッと振り返る日向にニヤリと笑う天童。だが、拾おうと近づいた菅原が寸前で判断する。

「アウト!」

ピッ。線審がアウトだと判断した。いまいましそうに舌打ちをする天童。

「よっしゃあああああ!!」

烏野27ポイント、白鳥沢26ポイント。

崖(がけ)っぷちからの逆転に、烏野応援団も興奮して盛りあがる。

「いけいけ烏野、押せ押せ烏野!」

影山のサーブ。疲れの色を隠しきれない影山は、わずかに目を細めて白鳥沢コートを見据える。

「サッコーイ!!」

そう声をあげている五色や山形、牛島、大平も後衛で構え、前にいるのは天童と白布だけだ。

サーブ許可の笛が鳴り、影山はボールを高く放り、助走しジャンプする。腕を大きく振

りかぶりそのまま打つかと思いきや、寸前で影山はふっと力を抜きサーブを打った。

「うまい！」

観客席で明光が思わず声をあげる。

影山は下がり気味の守備に対して軟打で攻めたのだ。

「前だ！」

コーチの斉藤の声に山形が必死に駆け、なんとかレシーブする。

「ふん！」

そのまま返ってきたボール。

「チャンスボール!!」

西谷が声をあげると同時に、影山がネット前へと駆けだす。西谷が上げたボールにトスに備える影山。後方にいた日向がダッと走りだすが、ネット前で急転換し逆サイドへ。それを追い、天童と五色がブロックに跳んだ。

日向に向かって影山がトスを放つ。だがその瞬間、影山と、それを見ていた烏養がハッと顔を曇らせた。

（!!　短い……！）

影山のトスは明らかに日向の振り上げた右手には届かない。気力はあっても疲労が限界

ール 高
選手権大

にきていた。

刹那、日向はじっとボールを眺めながら一繋の言葉を思い出していた。

『バレーはボールを持てないい球技。常にボールを触ってろ。手でも足でもいい。そしてボールが身体の一部であるかのように――一瞬を操れ』

日向は手を伸ばす。

右手ではなく左手を、自分の一部のように慣れ親しんだ愛しいボールに。

トッ……。

指先で軽く押し出すように打ったボールが白鳥沢コートへ。天童は信じられないものを見るように目を剝いた。

（……身体は右へ流れながらの左手）

無邪気と同居する勝利への執念がこめられたボールに、落下しながら手を伸ばす天童。

……テンッ。

だが、ボールは軽やかに白鳥沢コートに落ちた。駆け寄ろうとしていた牛島が鋭くまっすぐな目で日向を睨みつける。その視線の先で、日向は嬉しそうに目を耀かせた。

烏野29ポイント、白鳥沢27ポイント。

第4セット、烏野が勝利した。

「よっしゃあああああ!!」

　繋がった試合に雄たけびをあげる選手たち。ベンチでは武田が子供のような笑みを浮かべ、潔子が力強く静かにガッツポーズをする。そんなふたりの間で烏養は緊張を引きずったまま苦笑した。

「災い転じてなんとやら……だな」

　今のプレーの感想を聞きたくてチョロチョロと周りにやってくる日向の胸ぐらを、影山はガッとつかむ。

「ヒィッ!」

「……ナイス、カバー……」

　地の底から悪魔が囁くような声と形相でそう言う影山に日向が突っこむ。

「ナイスっぽい顔しろよ」

　ライバルでもある相棒を褒めるのは、影山にとって勉強と同じくらい難しい。そんな影山の心情など気にせず、日向は続ける。

「それより影山よ！」

「？」

影山から放され、日向は影山を見上げる。

「もう1セット……やれるぞ……!!」

興奮して、頬(ほお)を上気させている日向。目はもう次のセットに向けて、好戦的に煌(きら)めいている。

「……。おう！」

疲労は同じくらい溜(た)まっているはずなのに、エネルギーの塊(かたまり)のような相棒に影山はわずかに疲労が軽くなった気がした。


もう1セット。泣いても笑ってもここで勝負が決まる。

コンセプトの戦い
HAIKYU!!

「しーらとりざわ！　しーらとりざわ！」

「いけいけ烏野、押せ押せ烏野！」

両校の応援が響くなか、烏野ベンチで選手たちを前に烏養が言う。

「ファイナルセット、スターティングは菅原でいこうと思う」

体力が限界にきた影山を休ませるため。

「――ハイ！」

菅原は神妙に返事をした。

「頼むぞ菅原！」

「菅原くん、思いっきりですよ！」

「スガさん、俺にガンガン、トス上げてください！」

烏養や武田、田中の声を遠くに聞きながら菅原は自分に言い聞かせる。

（大丈夫だ！　緊張することなんかない！　ピンチで入ることなんか、今までもあったんだし）

けれど宮城代表の座をかけたファイナルセットに、どうしたって緊張してしまう。菅原は強張る身体が自分のモノではないような感覚に陥る。

3年生にとって、これで負けてしまえば本当に最後の試合になってしまうのだ。

(クソッ……！　身体はあったまってんのに手が冷たい……！)

重圧に押しつぶされそうな菅原が、思わず祈るように自分の手を顔の前で握りしめる。

感覚さえおぼつかなくなりそうになったそのとき、菅原の手がふわりとあたたかい感触に包まれた。

「………？」

その感触に菅原が目を開ける。手を包んでいたのは潔子の白く美しい両手だった。

次の瞬間、烏野チームの時が止まり、菅原の心臓も止まる。

だが、この信じられない僥倖に菅原の心臓は一気に躍動した。

「……⁉　結婚は待ってください‼」

上がりまくる血圧に顔を真っ赤にさせながら取り乱す菅原に、潔子はいつもどおり冷静に返した。

「大丈夫。菅原と結婚の予定はない」

「それはわかんないだろ⁉」

そこに澤村(さわむら)たちもわらわらと参戦してくる。

「手なら俺が握ってやるぞ」

「やめろやめろ‼　清水(しみず)の匂(にお)いが取れちゃうだろうが‼」

「うるさい！　お前だけズルイ‼」

当然、潔子はみんなのマネージャーなのだ。

ファイナルセット前だというのにわちゃわちゃする烏野チーム。そのなかでひとりベンチに腰かけている影山を見て、観客席の岩泉(いわいずみ)が口を開いた。

「影山、バテてきてたからな。少しでも休ませて、大事なところで再投入って感じか」

及川(おいかわ)は冷静に分析する。

「それまで踏ん張れるかだけどね。さわやかくんには荷が重すぎるんじゃない？」

今まで何度も試合をして、菅原が、堅実(けんじつ)だがしたたかな力のある選手だということはわかっていた。けれどそれでも、王者・白鳥沢(しらとりざわ)相手では力不足のように及川には思えた。


「頼むぞ工(つとむ)！」

「次期エース！」

白鳥沢のサーブ。大平（おおひら）と山形（やまがた）から応援され、サービスゾーンに立つ五色（ごしき）は「ハイッ」と力強く返事をする。

「一本で切るぞ‼」

「おおお！」

サーブに備えながらの澤村の声に、気合を入れる一同。

サーブ許可の笛に、五色がジャンプサーブを打つ。

いよいよ運命のファイナルセットが始まった。

気迫が籠（こも）ったサーブは白帯（はくたい）をギリギリで通過し、鋭く烏野（からすの）コートへ。田中（たなか）が膝（ひざ）をつきながらもレシーブする。だが高く上がりすぎてしまった。

「ウグッ！　スミマセン！」

落下点に駆（か）けつけた菅原が東峰（あずまね）に向かってトスを上げる。

「旭（あさひ）！」

牛島（うしじま）と、遅れて川西（かわにし）もブロックに跳（と）ぶが、それを避（よ）けた東峰のスパイクが決まった。

「よし！」

「しゃあああ！」

ベンチで烏養たちと一緒に影山も思わず叫ぶ。

烏野1ポイント、白鳥沢0ポイント。

「よっしゃあああ!!」

先制点を取り、烏野応援団も盛りあがる。谷地が神妙な顔で呟いた。

「5セット目は15点までなんですよね……」

「そうなんだ!?」

冴子の声に明光が答える。

「ああ、本当にあっという間なんだ」

だから早めに大きな点差をつけられでもしたら、取り返す時間がない。

烏野のサーブ。

「旭ナイッサー!」

バシッ!

東峰の強力なジャンプサーブを大平がレシーブするが、思った以上に弾かれてしまう。

「くっ!」

ネットを越えそうになったところを、白布がなんとか片手で自陣側に返すようにトスを上げ、天童がスパイクに跳ぶが、タイミングがあわず白帯に引っかかり、烏野コートにこぼれる。

「オーライ！」

駆けこみアンダーでレシーブした菅原が声を張りあげた。

「にしのやぁぁぁあ！」

「！」

その合図のような声に天童が反応する。イヤな直感が全身を駆け巡ったが、なにが起こるかまでは推測できなかった。そんな天童たちの前で西谷がボールに向かい、アタックラインで力強く踏みこみ跳び上がる。

岩泉が烏野の動きに目を見張った。

「リベロのセットアップからの、リベロ以外、全員シンクロ⁉」

菅原も含めて、全員がいっせいにネット前へと駆けだしたのだ。

西谷がまるで空中に跳ぶカエルのような姿勢で上げるトスを見て、天童が「チッ」と舌打ちし、ジャンプし振りかぶっている菅原へとブロックに跳ぶ。だが、時すでに遅し。

夏合宿から練習してきた新しい菅原の武器。シンクロでのスパイクが白鳥沢コートに叩きこまれた。

「‼」

その光景にベンチの影山と日向が大興奮する。コートで菅原たちも喜び、吠えた。

「っしゃああああああ!!」

菅原は自分が堅実なセッターであることを自覚していた。けれど、新しい攻撃もできることがとても誇らしかった。


一方、白鳥沢ベンチはありえない攻撃に驚嘆していた。川西と瀬見があきれたように口を開く。

「全員って……」

「ブロックフォロー、ひとりもナシかよ……!?」

タイムアウトのブザーが鳴り響く。白鳥沢がサーブ牽制のため取ったのだ。

鷲匠からのアドバイスは「取り返せ」と一言。それだけ選手の力を信頼していた。

「……烏野、ムチャな攻撃してくるな」

大平にそう言われ、牛島は向き直り応える。

「ああ、リベロが上げて、それ以外全員で攻撃なんて初めて見た」

「…………」

大平はわずかに驚いた。牛島がなにかに興味を示すことは少ない。ふだんの生活でも、なにごとも真面目に淡々とこなす性格だ。

そんな牛島が珍しく高揚している気配がある。牛島を知らない人から見れば、ふだんと変わらないように見える程度だったが。

天童もそれに気づき、そんな牛島をさらに珍しがった。

「今のには感心するのに、10番はイヤなんだね。若利くんが10番をイヤだと思うのは得体が知れないからじゃない？　よくわからないものって怖いじゃん？」

「怖くない」

わずかに眉を寄せ、即答する牛島。

「いやいや、『なんかやだなー』って思うってこと！」

不機嫌だろう牛島を軽くとりなしながら、天童は続ける。

「少なくとも『なんかやだなー』は、若利くんには新しい感覚なんじゃない？」

「…………」

天童の言葉に、牛島は考える。

（……烏野1年コンビの噂を聞いたとき、俺は期待した。今まで出会った小柄で、優れた選手たちのような存在なんだろうと）

そして日向の驚異的なジャンプに、牛島は面白そうな相手だと判断した。

バレーボール選手だった父親からバレーを教わったのがきっかけで、牛島はバレーを始めた。そのとき、父親はもしバレーを続けるなら強いチームに入るといいと話した。強くなれる環境には強いヤツや面白いヤツが集まり、そうして強くなれば強いヤツ、変なヤツ、新しいヤツと戦え、きっとお前を強くしてくれると。

日向と影山はそんな相手なのだろうと牛島は考えたのだ。

日向に目立つのは穴だった。基礎的な技術が追いついていない。それなのに、技術を上回る離れ業で自分たちを翻弄してくる。

父親の言葉から選ぶなら、『新しいヤツ』なのかもしれない。

けれど、なぜか無性に腹が立った。

『――青城がヤセた土地なら、おれたちはコンクリートかなにかですかね？』

そう言って自分を見上げてきた日向の顔を牛島は思い出す。

そのとき感じた違和感も。

牛島はネット越しの日向を見る。天童の言葉に合点がいく。

（だが違った。なるほど、なにか、イヤだ）

得体のしれない者がそこにいた。

バシンッ!!

菅原、月島、田中の三枚ブロックを抜き、牛島の強烈なスパイクが決まる。

「よっしゃ〜〜!!」

牛島のサーブ。

「牛島さん！　ナイッサー一本！」

「若利！　強烈なの頼むぞ！」

五色と大平の声に、牛島は頷くように顎を引く。その強い眼差しに迷いは存在しない。

渾身の力で打ちこまれたサーブを東峰がレシーブで受け止めきれず、ボールが外へ弾かれた。

続けて打った牛島のサーブは、あまりに強力で烏野チームは誰も動けない。慣れてきたと思っていた牛島のサーブだが、さらに威力が上がっていた。

烏野4ポイント、白鳥沢5ポイント。

リードした点差は、牛島の力であっというまに取り返されてしまった。

「よっしゃー!!」

喜ぶ白鳥沢チームに、応援団も盛りあがる。

さらに続けて牛島のサーブ。強烈な力で打ちこまれたそれに東峰が身体を張り、胸で受け、返す。

「ぐっ!!」

そのまま返ってきたボールをトスする白布。牛島はジャンプし振りかぶるが――。

真正面に現れたのは、月島のブロック。

「……!」

目ざわりな壁に、牛島は苛立ちを露にする。

バチン!!

その壁を力で壊すように、渾身の力でスパイクを打つ。強く弾かれたボールは大きく外へ。飛びこんだ西谷が指先ですくい上げようとしたが、一歩及ばなかった。

「惜しかったですね……」

軽く息を吐き、真剣な顔でネット前で次の攻撃に備える月島を見ながら言う武田。烏養が神妙に答える。

「月島が基本的に囮に釣られることはない。トスが上がった先に必ず月島は来る。目の前に必ず壁があるっていう、それだけの事実がどれだけ不快か。それを5セットの間ずーっと続けられたら、どんな無神経なヤツだって相当なストレスになってるよ」

長いラリーと疲労が続き、頭より先に身体が反応してもおかしくない場面でも月島は冷静に目の前の必要な情報だけをすくい取る。

なんとか牛島の流れを切りたい。執拗(しつよう)な月島のブロックはそのための、攻撃への重要な呼び水なのだ。

そして何事にも動じなさそうな牛島でさえ、苛立ちを覚えている。確実に月島のブロックは効(き)いていた。

バシッ。

天童のスパイクを月島が弾き返す。手を斜(なな)めにし、明らかに叩き落としにかかった月島に、天童が苛立つ。

そしてもう一回とばかりに天童が、トスしようとする白布の近くでジャンプし振りかぶる。目の前にいるのは月島。だが月島がそれに釣られることはない。白布の後ろでジャンプし振りかぶった牛島の前に素早(すばや)く移動し、田中とともにブロックへと跳んだ。

際限(さいげん)なく現れる壁に苛立ちを募(つの)らせた牛島のスパイクが打ちこまれる。

バァン!!!

「!!」

スパイクが手に当たった直後、月島は激しく顔を歪(ゆが)めた。

ブロックが弾いたボールがラインギリギリに落ちていく。とっさに澤村が飛びこむが、届かなかった。

「ナイスコー…ス？」

喜び勇(いさ)んだ五色だったが、線審が上げている旗を見て顔をしかめる。

「アウト!?」

「すまん」

唖然(あぜん)とする五色だったが、牛島に謝(あやま)られ、「ド、ドンマイです」と畏(かしこ)まる。

「ミス!?　ラッキー!!」

得点が入るかと喜んだ冴子。だが谷地が「あれ？」と顔を曇(くも)らせる。

主審がボールタッチありのハンドサインを出していた。

「え～っ、オーバーコール!?」

「なに？」

残念そうな声の滝ノ上(たきのうえ)に顔を向ける冴子。嶋田(しまだ)が代わりに答える。

「ブロックがちょっと触(さわ)ってたんだ。白鳥沢の得点だよ……」

「マジかー!! でもいい傾向じゃん! きり替え、きり替え!」

悔しそうに頭を抱える冴子。その横で明光はなにか違和感を覚え、コートにいる弟をじっと見つめていた。

ベンチの山口も、そして影山もなにか様子がおかしいと気づく。

「あの……」

「?」

烏養に声をかけながらも影山の目はまっすぐコートの月島を見ている。

「月島、手、変です」

コートのなかで月島は、スパイクが当たった右手を左手で庇うようにしてつかんでいた。

「くそっ……!」

焦りに歪む月島の顔。異変は白鳥沢チームにも伝わり、なにごとかと不穏な空気が会場を包んだ。タイムを取り、烏養や武田が月島に駆け寄る。

スパイクの衝撃で右手の薬指と小指のつけ根が裂け、出血していた。

「!! ……ウシワカのスパイクに触ったときに切れたんだ」

どれほどの衝撃だったかを物語っている痛々しい右手に、烏養は思わず眉間にしわを寄せる。

（だけで済んでればいいが……）

表面だけでは判断はつかない。指導者として責任を感じながら、烏養は月島の交代を判断した。

「成田！」

「！　はい！」

ベンチで心配そうに見ていた成田が突然呼ばれ、驚きながら烏養に駆け寄る。月島と交代するためだ。

「ありゃりゃ、怪我？」

ベンチで潔子にタオルをもらっている月島を見下ろしながら、及川が他人事のように呟く。岩泉はわずかに眉を寄せ、冷静に危惧した。

「この終盤であのメガネの離脱は痛すぎるな」

潔子に先導されながら救護室へと向かう月島を心配そうに見つめる山口たち。そのなかでじっとまっすぐな視線を向けてくる日向に気づいた月島は、立ち止まり言い放った。

「ちゃんと時間稼いでよ⁉」

「‼　お前が戻ってきたときにはもう全国行き決まってっから……‼」

いつものように不遜な月島のもの言いに、思わず言い返す日向。

だが、そう言って会場を後にする月島の横顔は、悔しそうに唇を噛みしめていた。日向はそんな月島の姿をじっと強い眼差しで見つめる。

「蛍！」

会場を出た月島に谷地とともに、明光が駆け寄る。明光にお辞儀をする潔子。

「兄ちゃんなんでいるんだよ……。知ってたけど」

「弟の雄姿を見にきたに決まってんだろ！」

「肝心なところで役立たずだけどね。まあでも5セットなんて疲れるし、休めてちょうどいいよ。手ぇ痛いけど」

いつものようにシニカルにそう言いながら救護室へと歩きだす月島。

「…………」

心配そうに眉尻を下げる谷地の横で、明光は無言で弟の背中を見送る。弟の内心を推し量るように。

歩きながら月島は、戦線を離脱しなければならない自分の不甲斐なさに腹が立っていた。

傷の痛みが、さらにそれを助長する。

自分への怒りは焦りになって、身体中を痛めつけるように暴れる。

月島が我を忘れそうになったとき、明光の声がかけられた。

「『俺の仲間はほっといても勝つ!』、そんくらい信じとけばいいんだ」

同じバレー部経験者だからこその言葉に、月島は立ち止まる。

「…………」

そしてそんな月島に潔子がしっかりと前を向きながら口を開いた。

「心配しないで。戻ってきたら負けてた、なんてこと絶対ないから」

(月島があんな顔するようになってたなんてなぁ……)
試合が再開し、牛島のサーブに備えながら澤村はさっきの月島の悔しそうな横顔を思い返していた。
いつでも一歩引き、あまり激しい感情を見せることのない後輩の、初めて見る顔。
試合を怪我のせいで途中離脱しなければならない悔しさは澤村自身も経験していた。月島の横顔にも、同じ熱量があった。

同じ不甲斐なさや不安を感じながらも、澤村はどこか嬉しかった。

いつのまにか頼もしく成長していた後輩にとって、誇らしい先輩でありたい。

（……ここで根性見せずに、いつ見せんだよ！）

そう思うと、力が湧いてくるのを感じる。

ピーッ。サーブ許可の笛が鳴った。澤村はキッと表情を引き締めた。

（来い）

そしてそう思うのは澤村だけではない。

（来い）

東峰も。西谷も。同じ想いで牛島のサーブを待ちかまえた。

（来い）

牛島の投げたボールが高く宙に上がる。澤村たちは気合を込めて叫んだ。

「サッコォォォイ！」

サーブを打つ牛島。だが力が入りすぎたのか、それとも烏野の気迫が伝わったのか、ザッ！　とネットに引っかかり、自陣に落ちた。

「よっしゃあああああ!!」

「スマン」

片手を上げ謝る牛島に「ドンマイです‼」と向き直る五色。

烏野5ポイント、白鳥沢8ポイント。


「ハァー、やっと切れた……」

心臓に悪そうに息を吐く冴子。

「今のウシワカのサーブのターンで何連続得点だ？　5？」

冴子の隣で嶋田が牛島を見ながら煩わしそうに聞く。滝ノ上が思い出しながら指折り得点を数えて言った。

「6点だな」

「三分の一以上かよ」

驚いて思わず振り向く嶋田。滝ノ上が西谷と交代でコートに入っていく日向に気づく。

「でも、ここから日向の出番だ！　またなにかやってくれ〜〜！」

「成田さん、一本ナイッサー！」

ポジション位置につき、サービスゾーンに立つ成田に声をかける日向を、牛島はネット越しに睨む。意識しなくても条件反射のように顔の筋肉が強張る。目の前の存在をそれほど不快に思う自分をどこかで不思議に思いながら。

「ナイッサー!!」

田中のかけ声に、成田は息を深く吐きサーブを打つ構えをする。サーブ許可の笛を聞き、

「……いくぞ!!」と打った。

だがボールの中心を打てず、サーブは白鳥沢コートのサイドラインギリギリへ。あわてた大平が倒れこみながらなんとかレシーブした。

「スマン!」

そのボールを牛島がフォローし、アンダーで、スパイクに跳んでいる天童へ。

天童のスパイクを成田がレシーブするが、手前に弾いてしまう。

「!」

焦る成田。田中が駆けこんで「旭さん!」とボールを繋(つな)ぐ。東峰が振りかぶり剛腕(ごうわん)をふるったスパイクだったが、大平、天童、白布の三枚ブロックに鋭く弾き返された。

威力そのままに落ちてくるボールの前にいるのは日向。目の前に迫るボールに構えなおす時間などない。

――ボールが当たる寸前、日向はわずかに顔をそむけた。

衝撃が伝わり、顔が歪む。顔面で受けたボールが上がった。

「！」

それを見た牛島の顔に虫唾（むしず）が走る。

日向は反動で倒れそうになりながらもグッとこらえて、次の瞬間にはもうネットへ向かって走りだす。ブロード攻撃するつもりだったが、その途中でハッと気づいた。

（影山じゃない。飛び出すな！　誰とでもファーストテンポ!!）

トスを上げようとする菅原にあわせ、スパイクへと跳ぶ日向。天童もブロックへと跳ぶ。

だが、トスが上がったのは反対にいる田中。

「アッ!?」

意表を突かれたのは日向だけではなく天童も同じ。

「アアッ!?」

（ブロック一枚！）

白布のブロックを抜き、田中のスパイクが決まった。

「っしゃあああ!!」

烏野6ポイント、白鳥沢8ポイント。

徐々に点差が縮まってきた。

「日向、目ぇ大丈夫か⁉」

ボールが当たった頬を真っ赤に腫らし、涙目の日向に田中が声をかける。

「ふぅ〜っ、ウス！」

気力で返事する日向に、菅原が心配そうに言う。

「ヘンなトコで受けたな〜」

「手が間にあわなくて『顔面レシーブだ！』って思ったけど、鼻に当たったらイヤだから……」

「え⁉　じゃあ見えててズラしたのかよ⁉」

驚く菅原に日向が答える。

「鼻血が出たらベンチ下げられるから」

さらりとなんでもないことのように言った日向の言葉に、一瞬、コートにいる全員が息をのんだ。

普通、怪我や事故などは不可抗力だ。わざわざ怪我をしようとする者などいない。本能が回避しようとするからだ。けれど、日向は被害を最小限に留めるためとはいえ怪我を選んだ。あの一瞬で本能を否定するような判断を日向はした。

ただただ、コートに残るために。

その執着。純粋な勝利への渇望は、ひどく貪欲で常軌を逸している。

そんな日向に、牛島の顔が暗く滾る。

得体のしれない者。その正体が牛島はわかった気がした。

――ヒナタショウヨウは、勝利を邪魔する『敵』なのだ。

敵とは、決して共存できない相手。自分のほうが強いことを証明しなければならない相手。

絶対に、勝たなければならない相手。

(俺は、俺たちが勝つことを疑わない。でも今、初めて明確にお前を叩き潰したい)

殺気だつ牛島の気配に、日向は全身が総毛だつ。そして本能でバッと後ろに跳び、距離を置いた。

「?・」

突然の日向の行動にきょとんとする菅原。

動物のように警戒する日向とすさまじい気迫を込めて睨む牛島。ふたりの間に一歩たりとも譲る気配はない。

そんなふたりのことなど露知らず、観客席から嶋田が声援を送る。

「よしよしいいぞ~。あきらめんなよ~」

そのとき、滝ノ上がコート外の選手たちを見ていてハッと、思わず指さす。

「あ、なぁアレ！　影山がアップしてる！　戻ってくるぞ!!」

十分に休息した影山がひとり、その場でジャンプし、ウォームアップしていた。腕をストレッチする顔は気力に満ちている。

バァン！

烏野からのスパイクを牛島がレシーブする。ベンチで瀬見が声をあげた。

「よしよし！　若利ナイス!!」

「五色っ」

白布が五色へとトスを上げる前で、菅原がブロックに備える。日向も加わり、振りかぶる五色へと二枚ブロックで跳ぶ。

ブロックとサイドラインを示すアンテナの間の隙間を狙い、スパイクを打つ五色。けれどそれは、菅原の誘いこみだった。その後ろには澤村がいる。

バシッ！

鋭いスパイクに、澤村が飛びこんでなんとか拾った。だが、思いのほか高く上がってしまう。

「スマン！　長い……!!」

ネットを越えそうになったボールに天童が跳び、そのまま叩き落とす。だがその前でブロックに跳んだ日向の手に当たった。澤村が声を出す。

「スガ！」

菅原が繋いで高めにボールを上げた。それに向かい西谷が駆けだし、アタックラインから踏みこんでジャンプする。同時に残りの全員がネットに向かい走りだした。

（同時多発位置差（シンクロ）攻撃オール!!）

ネットの前で天童は瞬間、考える。いったい誰に上がるのかと。

天童は思わず攻撃を読もうとしてしまった。その時点で、天童のブロックは封じられたも同じ。そして畳（たた）みかけるように自分が打つと本気で跳んでくる全員の気迫が、白鳥沢のブロックを惑（まど）わせた。

西谷のトスに、日向、菅原が流れるように跳び、最後の田中がスパイクを決める。

「っしゃあああ!!」

攻撃が決まり、歓喜に吠える烏野。応援団も喜び応援に熱が入った。

「ワ〜〜〜!!　いけいけ烏野」

「ぉア〜〜〜イ!!」

互いの健闘を称（たた）えあうように、菅原と田中がドンッと胸をぶつけあう。

そのとき、交代を知らせるブザーが鳴った。

コートの外に立つ選手を見て、滝ノ上が待ってましたとばかりに身を乗り出した。

「キタキター!!」

菅原と交代で、影山がコートに戻った。

「バテ山くんはやっと復活ですか!?」

やっと戻ってきた影山をからかう日向。サービスゾーンに行こうとしていた影山はクルリと振り返ると、ボールを持った手で器用に日向を指差す。

「……。後頭部に気をつけろよ」

「……っ」

牛島とはまた違う殺気に、日向は思わず身震いした。

ピッ。サーブ許可の笛が鳴る。神経を研ぎ澄ませ集中した影山が、流れるようなフォームでジャンプサーブを打つ。

その寸前、前衛の日向は後頭部を手で守りながら背筋を凍らせた。だが、復活した影山のサーブは威力とスピードを増して白鳥沢コートへ猛攻する。

山形がなんとかレシーブしたが、強力な反動でそのまま烏野コートへ戻っていく。その

ボールを見ながら山形があまりの威力に顔をしかめた。

(復活してすぐこのサーブかよ⁉)

同じくそのボールを見上げて烏養が叫ぶ。

「チャンスボールだ！　丁寧に……」

「オーラ……」

「オーライ‼」

澤村がレシーブしようとあげた声に、声が被さる。

「⁉」

振り向いた澤村が見たのは、ボールに向かってジャンプし、トスに構えている影山。なにごとかと烏養もベンチで唖然とする。チームメイトが驚いているのに、相手チームが驚かないはずはない。

(ファーストタッチがそのままセット⁉)

意表をつかれ狼狽する白布。

(くっそが！)

天童も心のなかで毒づきながら、あわててブロックへと走り、跳ぶ。だが。

バシンッ‼

振りかぶった日向が天童の前で、真下に叩き落とすようにスパイクを打ち下ろした。

影山の強烈なサーブでできた隙（すき）を狙った速攻だった。

素早（すばや）い攻撃に盛り上がる烏野応援団。その歓声のなか、牛島はきつく烏野チームを睨みつける。

白布と交代し、瀬見がピンチサーバーとして入った。

続けて影山のサーブ。大平がレシーブし、瀬見がトスの体勢に入る。それにあわせるようにやってきた川西に日向は一瞬釣られそうになるが——。

「若利！」

瀬見がトスを上げたのは、川西の横で跳び上がり振りかぶる牛島。ブロックは東峰の一枚ブロック。それを抜け打ちこまれたスパイクは烏野コートに突き刺さるはずだった。

だが、それはその途中で阻（はば）まれる。

「⁉」

驚愕する牛島。

日向がスパイクにあわせ、後ろへ跳びながら、掌底（しょうてい）で受け止めるようにブロックをしたのだ。

それを後ろから目撃した影山も驚きを隠せない。

（ネットからあんなに離れて⁉）

ドンッ！

強く弾かれたボールは、そのまま白鳥沢コートの後方ギリギリへ。五色が飛びこむが遅かった。

「ハァッ！」

ザッと着地する日向に駆け寄り、吠える烏野。

「よっしゃー‼」

日向は烏養から少しでもブロックに遅れたと感じたら、ボールの勢いを弱めるためにソフトブロックにきり替えろとアドバイスされていた。だが今の日向のプレーはもはやブロックというより、超至近距離レシーブといったほうが正しかった。

「…………」

何度でも立ちはだかるいまいましい敵。常識を超えてくる存在を牛島は憎々しげに見つめた。

　一方その頃、救護室の前で谷地はどうにもたまらずうろうろとしていた。月島の怪我の治療を待っているのだ。

　怪我の具合ももちろん気になる。どうか軽くてすみますようにと祈りながら、刻々と過ぎていく時間にどうしても焦ってしまう。試合に出ていない自分がこれだけ焦るのだから、月島の心情を考えるとさらに焦ってしまう。

　だが、救護室のなかは意外なほど静かだった。スタッフが手当する音と時計の秒針の音だけがかすかに響いている。

　見守っている明光と潔子も、ただ黙って待つことしかできない。

　潔子は月島からピンと張り詰めた空気を感じていた。焦りも痛みもあるだろうに、その微動だにしない背中はどこか遠くにいるように見える。

　意識はここではなく、コートのなかにあるのだろう。

（冷静というか集中だ。今の戦況がどうかじゃなく、たぶん……戻ったとき自分がなにするか考えてる）

　すぐに試合で動けるように。

だが——。

バァン!!

牛島の大砲が烏野コートに叩きつけられた。五色のフェイントをついたゆるいサーブをなんとか上げた西谷からのボールを、そのままダイレクトに叩きこまれたのだ。

「っしゃあああああ!!」

喜ぶ白鳥沢。得点板がめくられる。

烏野13ポイント、白鳥沢14ポイント。

マッチポイントだ。

「追いつめられたな烏野」

「しかもメガネくんもいないからね。このマッチポイントをどうやってしのぐか……」

冷静に戦況を見つめる岩泉と及川。

「あと1点！　あと1点！」

白鳥沢応援団の声が会場に響くなか、日向はベンチから相手サーブに身構えるチームメ

イトを見守る。

サーブ許可の笛が鳴り、五色がジャンプサーブを打つ。今度は強力なそれを澤村がレシーブ。ベンチから菅原たちが声をかける。

「ナイスレシーブ!!」

同時にトスに備える影山以外全員がネット前へといっせいに走りだした。

（同時多発位置差攻撃（シンクロこうげき）！）

影山のトスが上がったのはまさかの澤村。あわてた大平と川西のブロックも間にあわず決まった。

「っしゃあああああああ!!」

ガッツポーズで吠え、嬉しそうな澤村の前で、読みが外（はず）れた川西が顔をしかめる。

（あえてレシーブ直後のヤツに打たすのかよ……！）

烏野14ポイント、白鳥沢14ポイント。

大事な局面に備え、烏野の最後のタイムアウト。休憩を取る烏野チームに一致団結した

応援の声が届く。

「決めろ決めろ烏野！　もえろもえろ烏野‼　決めろ決めろ烏野‼」

冴子がリズムを取り、応援をリードしている。道宮たちも精一杯の声を張りあげていた。

教頭は興奮のあまり自分のカツラを握りしめ、ひとり「いけいけ烏野！」と叫んでいる。

「決めろ決めろ烏野！　もえろもえろ烏野‼　決めろ決めろ烏野‼」

本気の応援は伝わる。

会場中に響き渡るその声に烏野チームは力をもらった。

「もえろもえろ烏野……っ⁉」

だが、突如聞こえてきた歌声になにごとかと滝ノ上と嶋田が反応する。

白鳥沢学園の校歌だった。

大人数の歌声は軽々と烏野応援団の声援をかき消してしまう。

冴子も負けじと声を張りあげる。

「………！」

けれど堂に入った応援に、どうしても力及ばず、冴子たちは悔しそうに歯を食いしばった。

そんな歌声とタイムアウト終了のブザーのなか、白鳥沢が威風堂々とコートに戻る。

王者とは自らなるものではなく、周りが認めるからそう呼ばれる。

試合再開。サーブ許可の笛が鳴り、澤村がサーブを打つ。

高く上がったかと思うやネットにむかって放物線を描き落ちていくボールに、嶋田と滝ノ上の顔が青ざめる。

（短い……!!）

ザッ。ネットの上に落ちたボールはかろうじて白鳥沢コートへ。前にいた大平がとっさになんとか上げた。

（ネット際狙うにもほどがあるだろ……！）

この大事な局面での攻めたサーブに、嶋田たちだけでなく大平も胆を冷やす。

「五色！」

牛島がアンダーでネット前へとボールを上げる。指名された五色が「ハイ！」と返事をしながら、スパイクを打つ。ブロックへと跳んだ成田と影山。影山の手に当たり弾かれたボールが高く後方へと飛ぶ。

「っ！」

田中がジャンプしワンハンドレシーブでコートに戻す。冴子が叫んだ。

「繋がってる！　繋がってるよ‼」

「影山ラスト‼」

東峰が繋いだボールを影山はオーバーで白鳥沢コートへ返す。そこにいた白布がオーバーでボールを上げた。

「チャンスだ！　もう一発叩け‼」

ベンチで必死に声を出す瀬見の隣で天童がぼそりと呟く。

「セッターにとらせやがった……」

セッターが封じられれば攻撃は単調になる。交代したときに菅原が白布に返球したのを覚えていた影山はそれを狙ったのだ。

「牛島さん！」

川西が白布の代わりにアンダーでボールを上げる。ネット前、そのボールを見上げながら東峰がブロックに備える。

（焦るな！　タイミング外したら終わり）

成田と影山もブロックに備えた。牛島が跳ぶタイミングを見計（みはか）らい東峰が声をかける。

「せ〜の！」

牛島のスパイクに東峰たちもブロックへと跳ぶ。ブロックを避け打たれたスパイクが鋭く烏野コートに落ちてくるが、そこで構えているのは西谷。

バシンッ！

「グッ」

構えていたのに、大きく弾かれたボール。完璧なレシーブができずに西谷が悔しさに顔を歪める先で、東峰がボールに飛びこみなんとか繋ぐ。さらに西谷も飛びこみ、白鳥沢コートへ高いボールを返した。

「おお、粘る!!」

絶対にあきらめないプレーの連続に、嶋田が思わず手に汗を握る。その横で滝ノ上が焦れたように言った。

「くそ、でもさっきから返すだけで精一杯だ……！」

（まだ落ちてない）

東峰は立ち上がりすぐさまブロックへとネット前に走る。西谷たちも後衛でスパイクに身構えた。

（まだ落ちてない）

ベンチで山口と菅原も必死に声を張りあげる。

「止めろー!!」

「拾えー!!」

それぞれが一歩も引かず、全員が攻める気持ちで牛島の大砲に待ちかまえた。

(この1点……絶対獲(と)るんだ!!)

そんな烏野の気概(きがい)をうざったいほど感じながらトスに備え、白布は無意識に笑っていた。

(うるせぇ! こっちのほうが強い!!)

トスを上げる先にいるのは白布にとって理想の強さを体現している選手。

ダァン!!!

牛島の大砲は三枚ブロックを抜き、烏野コートに撃ちこまれた。床に叩きつけられたボールは高く高く跳ねる。そのシンプルな強さと速さを持ったスパイクに、構えていた西谷たちは動くこともできなかった。

「よっしゃ～～!!」

烏野14ポイント、白鳥沢15ポイント。

再び迎えた白鳥沢のマッチポイント。

諦めてもいない。希望だって持っている。

けれど。

絶対王者。ずっと勝ち続けてきた者の揺るぎない強さ。

いとも簡単にねじ伏せてくる力を前に、今は無言で立ち尽くすことしか烏野はできなかった。

武田がなんとかしなければと思ったそのとき、烏養がバッと立ち上がり叫んだ。

（いけない。みんなの空気が重い……！　でもタイムアウトはもう……）

「下を向くんじゃねぇぇぇぇぇぇぇぇぇぇぇぇぇ!!!」

突如会場中に響いた声に、鷲匠も、烏野応援団も、白鳥沢応援団も、全員が驚き烏養を見る。

「バレーは!!　常に上を向くスポーツだ!!」

胸を張り、笑う烏養。そんな烏養に澤村は思わず笑みを浮かべた。澤村だけではなく烏野全員がコートのなかで笑みを浮かべ、顔を上げて前を向く。

この声に励まされ一緒に走るように導かれてここまできたのだ。

いつまでも立ち止まっているわけにはいかない。

「クックックッ……」

一端の指導者になってきたなと愉快そうに笑う一繋。そこへ谷地が観客席の階段をあわてて駆け下りてくる。

「仁花ちゃん!!」

息をきらし戻ってきた谷地を見て、冴子はバッと会場入口を見た。

「!!」

ベンチで日向たちもハッとする。月島が潔子とともに走って会場へ戻ってきたのだ。山口が思わず声をあげる。

「ツッキー!!」

明光は無事会場に戻った弟を入口で見送っていた。

「蛍は大丈夫!?」

心配そうな冴子に、まだ荒い息を整えながら谷地が話しだす。

「えっと……痛めたのは小指で、それを薬指に固定して試合は続行するみたいです。でもたぶん……痛いのはなにも治まってないです」

ベンチに座り、交代を待つ月島。番号札を持つ右手は小指の脱臼のせいでガチガチにテーピングされていた。

コートでは影山がツーアタックを打つ。直前でそれを読んだ天童がブロックへと跳ぶがわずかに遅く、ボールは白鳥沢コートへ落ちる。

「アヅッ!!」

悔しがる天童。

「よっしゃ〜〜!!」

得点に喜ぶ烏野メンバーのなかでひとり、影山は天童の読みに顔をしかめた。

(読まれた……! もう通用しそうにないな……)

烏野15ポイント、白鳥沢15ポイント。


選手交代を知らせるブザーが鳴る。

「頼むぞ月島!」

月島から番号札を受け取りながらそう言った成田に、月島は小さく礼をしてコートに戻っていく。その顔には救護室から続いている集中があった。

「月島! ヒーローみてぇな登場じゃねえか、コノヤロー!!」

田中を先頭に影山を除き笑顔で出迎えるチームメイトに、月島はいつものようなテンションで言う。

「あの……三枚ブロックのときなんですが」

「冷静かよ」

田中も冷静に突っこんだ。

そしてそれぞれのポジションにつく。ネット前に並ぶ月島と影山。

「……まさかないと思うけど遠慮とかいらないから」

前を向きながら話しかける月島に、影山も前を見たまま返す。

「ないと思うなら言うんじゃゃねえ。ねぇよ」

仲よくもない。性格もあわない。友達でもない。

けれど信頼している。

ふたりはニッと笑みを浮かべる。その顔はどこかよく似ていた。

「…………」

そんなふたりの様子をわずかに警戒するように見ていた白布に声がかけられる。

「白布。約束は覚えているな」

「！」

隣に立ち、同じように影山と月島を見ながら言った牛島に、白布は思い出す。

練習中に牛島から言われた言葉。

『どんな状況でも無慈悲(むじひ)に俺を使うことができるか?』

それは白鳥沢のセッターである条件。どんなときでもエースに尽くす。気遣(きづか)うだけではなく、白鳥沢の勝利のためにエースの全力を出させる存在であること。

牛島に疲れが見えた白布は、なるべく牛島以外で点を稼(かせ)がなければと考えていた。それに対して牛島は釘を刺してきたのだ。

「……ハイ」

白布は力強く答える。中学で牛島の試合を見て、強烈にその強さに憧(あこが)れ白鳥沢まで追いかけてきたのだ。強いバレーをするために。

一番カッコいい強さを前に、迷いなどあるはずもない。

試合再開。烏野のサーブ。
東峰が強烈なジャンプサーブを打ちこむ。床に向かう鋭いボールを大平がレシーブして

上げた。

「っしゃあああ‼」

完璧に威力を殺したレシーブに大平が叫び、ベンチでコーチの斉藤も思わずガッツポーズをする。

「おしっおおしっ‼」

「チョーダイ！」

トスに備える白布の前にジャンプする天童。ベンチで見ていた日向が思わずブロックしようと反応する。

「………！」

だがトスが上げられたのは天童の後ろで振りかぶって跳んだ牛島。

「またかよぉっ……！」

続く牛島のスパイクに冴子と谷地の顔が不安に染まる。天童が叫んだ。

「いけ！　若利くん‼」

牛島にあわせ、田中とともにブロックに跳ぶ月島。

バチィッ……‼

「………‼」

牛島が渾身の力で打ったスパイクが月島の右手を弾く。

激痛に月島の顔が歪んだ。ベンチで日向と潔子がハッとする。

「あ……！」

「右手……！」

衝撃を受けた月島の右手が痙攣する。頭のなかまで痺れるような耐えきれない痛み。

落下しながら、けれど月島は歯を食いしばってネット越しに、牛島を見据えた。

（こんなの、馬鹿じゃないの。日向じゃあるまいし、最後まで戦ってみたいなんて）

着地し、月島は振り返り叫ぶ。

「ワンタッチィィィ‼」

「フン！」

東峰が飛びこみ拾ったボールを西谷が澤村へ。澤村は白鳥沢コートへアンダーで返す。

「チャンスボール！」

山形がレシーブしたボールを白布がライト側にいた牛島へトスする。

「牛島さん！」

（ライトからの時間差）

瞬時にそう判断した月島は田中とともにブロックに備えながら声をかける。

「空けます！」

「！」

月島の判断の早さに驚く田中。月島がとっさに指示したのは、西谷の視界を空けること。

バァン!!

牛島のスパイクは後方で待ちかまえる西谷へと向かう。キレイに上がったボールに澤村が声をかけた。

「ナイスレシーブ!!」

ネット前、トスに備える影山。その近くで月島がジャンプし振りかぶる。だがトスが上がったのはその後ろで跳んでいた東峰。田中が叫ぶ。

「旭さん！」

東峰の強力なバックアタックが、天童とともにブロックへと跳んだ大平の手を弾き、ボールは白鳥沢コート外へ。

「ツトムッ！」

山形の声と同時に五色が飛びこんで片手で拾う。

「ラァッ！」

「ナイス！　ラスト頼む！」

山形がそれを牛島へと繋いだ。月島は上がったボールを見ながら、ブロックへと構える。その右手は震えるように痙攣していた。

（もう一回）

（打つ気だ！）

走りだす牛島に澤村も驚きながらスパイクに身構える。観客席の嶋田と滝ノ上もそれに気づき驚愕する。

（三連続ウシワカ……！）

容赦のない攻撃。けれどファイナルセットの終盤、さすがの牛島の体力も削られている。

「！」

牛島はジャンプしようと踏みこんだ足が思った以上に重いことに気づく。けれどプライドでコートを蹴りつけた。だが、そのジャンプは思ったよりわずかに低く、スパイクは白帯に引っかかった。

（白帯……！）

上がったボールを目で追う月島。西谷が飛びこみボールを拾う。次の瞬間、トスに備える影山が動いた人影にハッとする。

「！」

月島がライトへと走りだしたのだ。日向もベンチで目を丸くする。

(月島が移動攻撃(ブロード)!?)

ブロックに備えていた天童も瞬間、月島を目で追う。けれどすぐに判断した。

(ハッタリ)

その間に影山のトスがレフトへ跳んでいる田中へ。

ブロックに跳んでいる牛島に天童も駆けつけ跳ぶが、田中のスパイクは月島の稼いだコンマ数秒分遅れた天童の手に当たり、鋭く白鳥沢コートへ落ちた。

「!!」

その光景に月島や日向がハッとする。菅原が絶叫した。

「ブ……ブレ〜〜イク!!」

「ッシャアアア!!」

「うおおおお!!」

歓喜の雄たけびが響く。攻めて攻めて攻め続けて、やっと待ち望んだ時がきた。

烏野16ポイント、白鳥沢15ポイント。

烏野高校マッチポイント。

白鳥沢が最後のタイムアウトを取る。

「ほんと雑食だな烏野。メガネのブロードなんて初めて見たぞ。囮だけど」

追いすがり食いついて離れない執拗な攻撃に、岩泉があきれたように言う。及川も岩泉と同じようにベンチに戻る烏野を見ながら口を開いた。

「俺たちは完成度の高い時間差攻撃をやすやすと捨てられないし、白鳥沢は個人の強さを極めるスタイルを曲げない。でもたぶん、烏野には守るべきスタイルなんてないんだ」

コート外の烏たちは、積極的にブロードに出た月島を嬉しそうに囲んでいる。

「お前がお膳立てするなんてな～!」

「うおおおおおおー!!」

月島の肩に腕を回しそう言う田中に、興奮したように叫ぶ西谷。

「俺は嬉しいぞ月島」

澤村も興奮を抑えきれず、バシバシ背中を叩く。月島はされるがままだ。

昨日、自分たちと戦ったときよりも格段に進化している烏野。

『堕ちた強豪、飛べない烏』

一度底まで落ちて、そこから這い上がろうとする者は強い。自分の弱さを知っているからだ。だからどこまでも強くなりたいと願う。

「古く堅実な白鳥沢。新しくムチャな烏野。どっちが勝ってもムカツクから、どっちも負けろ」

「うんこ野郎だな」

子供のように僻む及川に岩泉は表情も変えず突っこんだ。


「どいつも足が限界だろうな。ウシワカは見るからに打数が多いから当然だけど、烏野の攻撃陣はスパイクの打数つーか助走に走ってる本数が多い」

嶋田が白鳥沢のベンチを見ながら言う。牛島は座りながらすぐにエネルギーになるゼリーを吸いこんでいた。大平たちも水分補給したり、汗を拭ったりしている。

烏野はそれ以上に疲労していた。

「傍目にはムダな動きに見えるかもしれないけど、それこそが烏野の攻撃が白鳥沢のブロックをかい潜れている最大の要因だからな。出ずっぱりの田中、東峰、澤村はもう限界を超えてるハズだ」

ベンチに座りながら田中は止まらない汗をタオルでガシガシと拭き、東峰はドリンクを飲みながら太ももをマッサージするように撫で、澤村は疲弊した足を叩くようにマッサージしていた。

それでも全員が胆に銘じていた。攻めることを諦めたとき、それは、イコール負けるときだ。

「決めろ決めろ烏野、もえろもえろ烏野！」

応援が響くなか、澤村がみんなを前に話しはじめる。

「バレーが一対一の競技なら俺たちは白鳥沢に勝てない。身体は小さいし、個々の攻撃力も劣る」

日向にはその言葉がよけいに沁みた。バレーを始めてから、バレーをやるには小さいと何度言われ続けたかわからない。今よりもっと身長が伸びるなら、なんでもする。けれどどうしても手に入らないものもある。

それでもバレーをやめようとは微塵も思わなかった。

小さな身体でコートを羽ばたくように戦っていた『小さな巨人』が今も胸のなかにいる。

澤村が続ける。

「でもコートには六人いる。俺たちが勝つのは奇跡が起こるからじゃない」

全員が目指してきた夢の舞台。それが今、目の前にある。

「最後までコンセプトは変わらない。殴(なぐ)り合いを制す」

まっすぐな目で不敵に笑う澤村に、全員が力強く応えた。

「オオッ!!」

タイムアウト終了。

コートに戻っていく選手たち。次に戻ってくるときは勝敗が決まっている。

烏野19ポイント、白鳥沢18ポイント。

月島のサーブから試合再開。

慣れない左手でサーブするわけにもいかず、なるべくふだんどおりにサーブする。

「……………!!」

右手に痛みが走り月島の顔が歪んだ。

「レオンさん!」

「あいよ!」

大平が五色の声に応えながらレシーブする。上がったボールをじっと目で追う日向の前で、白布のトスに川西がスパイクに跳ぶ。だがその高く上がったトスを見極（みきわ）め、日向は川西の向こうから走りだしてきた五色に向かい、ブロックにいこうとする。

だが次の瞬間、日向の膝がガクッと落ちた。疲労のあまり力が入らないのだ。

「くっ！」

それでもなんとか踏み出そうと踏ん張り、顔を上げる日向の視線の先で五色のスパイクが決まった。

「ッシャアアアァァァァ!!」

吠える白鳥沢。

「このやろぉぉぉぉぉぉ～!!」

動けなかった自分の足に罰（ばつ）を与えるようにドスドスドスッとパンチする日向を、田中がなだめに入る。

「許してやれ日向！」

白鳥沢ベンチでコーチの斉藤が試合の流れを肌で感じ、思わず身を乗り出す。

「烏野はもう気力だけで動いているようなもの。若利も前衛（ぜんえい）に回ったし、ブレイクのチャ

ンスだ……！」

　追い風は白鳥沢に吹いている。

「いくぞ!!」

　白鳥沢のサーブ。サーブ許可の笛のあと、白布がサーブを打つ。だが――。

　ザッ。

　思いがけず白帯にボールが引っかかった。弾かれ、わずかに上がったボールが烏野コートへ飛ぶ。

「！」

　刹那（せつな）、後方で構えている澤村の前にボールがゆっくりと落ちていく。

（……わかってる……。そこに落ちるってわかってんのに……足が動かない……!!）

　まるで固まってしまったように重い身体。疲労で痙攣する腕。一歩強く踏みこめば届くのに、身体だけがいうことをきかない。

　だが次の瞬間。

　バァン！

　澤村の横から西谷がボールに飛びこみ拾った。

「にしのや……」

ハッとする澤村。だがそれもつかの間、返ってきたボールを五色がダイレクトに叩きこもうとしている。日向があわててブロックへと跳ぶが、間にあいそうにない。五色が狙うのは西谷がいなくなったがら空きの後方。西谷の体勢は整っていない。

バンッ！

五色のスパイクが打ちこまれる。会場中、誰もが決められると思ったそのとき。

――パァン‼

西谷は反射で、ムリな体勢から回転して半身を引き上げレシーブした。

スーパープレーにベンチで菅原たちが絶叫する。

「にっ……にしのやぁぁぁぁ‼」

繋がったボールを影山が東峰へトスする。

「うおあああああ‼」

西谷が繋いだボールを東峰が渾身(こんしん)の力で叩きこむ。ブロックに跳んだ牛島の腕を弾き、スパイクが決まった。

「シャアアアアアア‼」

吠える烏野。向かい風のなか、取り返した底力(そこぢから)の1点。

「ハァアア……！」

ベンチでは思わず息を止めていた烏養たちが、いっせいに息を吐き出した。

「旭ナイスキー！」

澤村が東峰に声をかけてから西谷に駆け寄る。

「サンキュー西谷……！」

「烏野には俺ありっスから！」

笑顔でピッと胸を張る西谷。だがそのあと真剣な顔をして澤村に続けた。

「……でも、俺にもできないことがある。だからムリを承知で言います。太ももがはちきれようとも空中戦は頼みます」

頼もしい守護神の言葉に、澤村、田中、東峰、そして日向がその想いを受け止めた。

「おおよ!!」

「ハイ！」

烏野20ポイント、白鳥沢19ポイント。

西谷と交代した日向がサーブを打つ。

「隼人(はやと)！」

大平の声に、山形がレシーブする。

「入った」

「…………」

サーブが入ってホッとし、ポジションに戻ってきた日向を見て、隣にいた影山はふと考えるように日向を見た。そしてすぐさま。

「日向、位置変われ！」

「ホガッ⁉」

つかんで投げられるように場所移動させられ、驚く日向。

「…………」

ネット前では月島が白鳥沢の攻撃に神経を集中していた。

白布はトスするためにボールに向かってジャンプしながら、月島のことを意識する。

（メガネに時間差攻撃は通じない……。なら早さで中央突破だ！）

白布は牛島か五色が警戒されていると踏み、センターで跳び上がった川西へとトスを上げる。思わぬ選択に東峰が唖然と見上げた。

（ここでドセンターかよ⁉）

（優秀なエースは存在自体が優秀な囮！）

白布が叫ぶ。

「いけ、太一(たいち)!!」

ボールを目で追っていた月島が素早くブロックへと跳ぶ。

跳びながら、月島の脳裏(のうり)に浮かんだのは東京合宿の自主練(じしゅれん)のこと。

リード・ブロックよりドシャット決めたほうがいいと不満を漏(も)らす音駒(ねこま)のリエーフに、黒尾(くろお)が言った言葉。

『わかってねぇな～、これだからお子ちゃまはよ～。いいか小僧(こぞう)! リード・ブロックは我慢と粘りのブロックであると同時に……最後に咲(わら)うブロックだ!!』

バシィッ!

「………!!」

川西のスパイクが月島の右手に当たる。

速攻に対するリード・ブロックの目的は止めることより触ること。ボールを追うことを貫(つらぬ)いてきた月島の我慢と粘りが今、実を結んだのだ。

高く上がったボール。その光景に、全員が察知する。

「ワンタッチィィィィ!!」

振り返り叫ぶ月島。田中がオーバーで影山へ。

（攻める）

田中も、そして東峰も。

（以外の）

（選択肢）

月島も、澤村も。

（なし!!）

月島が作った攻撃のチャンスに全員が腹を決める。瞬時に駆けだす日向を追うように全員ネット前へと。

託されたのは日向。跳び上がり振りかぶる日向へ、影山のトスが上がる。

（マイナステンポのバックアタック!!）

「……いけ!!」

叫ぶ月島。天童が吠える。

「飛びつけ太一!!」

日向のスパイクがブロックに跳んだ川西の腕に当たる。鋭く自陣へ落ちるボールに川西の血の気（ちのけ）が引く。

「っ……」

だがそれを牛島がとっさに腕を伸ばし拾った。

「！」

ハッとする日向。牛島の攻撃がくる。

「白布！」

「ハイ！」

牛島がトスを要求し、助走のために下がる。月島の指示が飛んだ。

「ストレートを‼」

ネット前に走ってくる牛島にあわせ、東峰とともに月島が「せ〜の！」とタイミングをあわせブロックに跳ぶ。

ダァン‼

「………‼」

ブロックを避け渾身の力で打ちこまれたスパイクに反応できず、ボールが日向の胸に当たる。勢いで倒れこむ日向の前に飛びこみ、田中がなんとか上げた。

「グッ……！」

「！」

決まらなかったスパイクに、牛島の顔が怒りに染まる。

「影山ラスト！　日向大丈夫か⁉」

「アイ……！」

苦しげに声を絞り出す日向。駆けこんだ影山がアンダーで白鳥沢へ返す。エンドライン際へ落ちるボールに五色が叫んだ。

「入ってる！」

山形があわててアンダーで拾い、白布が落下点へと入りトスの体勢に入る。

「オーライ！」

白布はそう言いながら奥で待ち構えている牛島の気迫を感じた。

俺によこせと全身で言っている。あふれ出る闘志は、誇り高いエースの証。

牛島にトスを上げられる喜びを嚙みしめながら、白布はニッと笑う。

（迷う余地なし！）

「牛島さん！」

牛島へのトスが上がったその直後、月島が指示を出す。

「止めます！」

「！」

烏野の動きにハッと目を剝く鷲匠。

（今日初めて三枚ブロックで、……ストレートを締(し)めにきやがった……!!）

東峰、月島、澤村がレフトギリギリの位置に着き、「せーの！」とブロックに跳ぶ。

それは月島のしかけた罠だった。今日跳んだ、何十本もの三枚ブロックで常にストレートを空けていた。牛島はストレートが気持ちよく打てる場所だと知っている。

ストレート方向に振りかぶっている牛島の腕。落ちてくるボール。全力で構える月島。

バァン!!

だが、スパイクはがら空きのクロスのほうへ打ちこまれる。牛島が直前で強引(ごういん)に向きを変えたのだ。

突然の大砲が向かった先にいたのは影山。とっさにオーバーでレシーブするが受け止めきれず高く弾かれた。

（体勢崩してたのに）

落下しながらその行方(ゆくえ)を目で追い、愕然(がくぜん)とする月島。そして日向。

（直前でクロスに変えた……！）

――なんという強さ。

仕掛けた罠も、変化を求めて得た強さも敵(かな)わないというのか。

日向と月島は牛島に頭を押さえつけられた錯覚に陥る。

必死にあがいても圧倒的な力で、ぶざまに床に押しつけられる。

俺のほうが強いと、牛島はその力でねじ伏せてくる。

ねじ伏せられる。

顔を上げることすら、かなわない。ぶざま。弱さ。憤り。そんな感情にのみこまれそうになる。

（クソ……クソ……！　クソかっけえええ……!!）

それでも、焦がれさせられる強さ。

けれどそのとき、そんな牛島と日向たちの間に割りこむ腕があった。

ハッとする牛島。

ドンッ！

澤村が床に落ちる寸前のボールに飛びこんで片手で拾う。

——日向と月島をねじ伏せる牛島の腕をこじ開ける澤村。

「旭ラストォ!!」

「フンッ！」

澤村の叫びに東峰がスパイクへと跳び上がる。

――澤村とともに東峰も牛島の腕を押し上げる。

バァン！

だがスパイクは牛島とともに、ブロックに跳んだ川西の手に当たり烏野コートに跳ね返った。愕然とボールを見送る東峰。だが、

――澤村と東峰に続いて田中も牛島の腕を押し上げる。

田中がジャンプしてボールを高く上げ、叫んだ。

「チャンスボォォォォォォル!!」

上がったボールに驚き見上げる牛島。

――そして、澤村たちが牛島の腕を完全に持ち上げた。

「10番くるぞ!!」

川西がそう言いながら牛島と五色とともにブロックに備えた。だが、すぐにハッと異変に気づく。

後方でボールを見上げている日向。今までだったらすぐ速攻に走りだす場面のはずだ。

同じくベンチでそれに気づいた天童も訝しむ。

（10番が飛び出してこない……!?）

「！」

そして影山がハッと気づく。

トスに備える影山以外、全員で走りだす烏野。そのなかに日向は紛れたのだ。

「クッソが……！」

その思惑（おもわく）に気づいた天童が熱（いき）り立（た）つ。


フォロー皆無（かいむ）。ブロッカー三枚VSスパイカー五枚。ファーストテンポの同時多発位置差（シンクロ）攻撃オール!!


紛れこんだ日向に惑（まど）わされ、全員が打つ気迫で向かってくる烏野に白鳥沢はブロックを絞れない。

日向は、さっき決められなかったマイナステンポのバックアタックでは通用しないと、わざとテンポを落とし、みんなと同じテンポにすることで白鳥沢を攪乱（かくらん）したのだ。

ここまできてもまだ進化し続ける烏野。

影山のトスに、全員が次々跳び上がる。

それはまるで、ワシに襲いかかるカラスの群れ。

影山のトスは一番小さく、そして高く跳んでいるカラスへ。

日向は振りかぶりながら、白鳥沢コートの隙間を見つけ渾身の力で振り下ろした。

打ちこまれたスパイクに、山形がとっさに飛びこんでレシーブする。倒れこんですぐさま顔を上げた山形が見たのは、コート外へ弾かれていくボール。

そんなボールの行方を観客席で見つめながら、一繋は想う。

バレーボールは高さの球技。

大きい者が強いのは明確。個を極めるのも強さ。

新しい戦い方を探すのも強さ。

だからこそ今、多彩な攻撃や守備が生まれている。強さとは実に多彩。

……かつて名将アリー・セリンジャー監督が言った。

『未来に発展も変革もないと信じる理由はないのである』

会場にいる全員がボールの行方を見つめる。

大平がボールに飛びこむ。だが、その手が届くことなくボールは落ちた。

その瞬間、鷲匠は悔しさに顔をしかめる。

鷲匠はいつのまにか自分と同じくらいの背の高さの日向に、若い日の自分を重ねていた。

身長が低いせいで戦うことすら許されなかった自分。けれど、背のせいばかりではないことをわかっていたから、違う強さを求めた。

小さくても戦える術(すべ)を探すのではなく、自分をもねじ伏せるシンプルな強さを。

けれど、目の前の日向は小さいまま、高さでも戦っていた。

それは、鷲匠にとって過去の自分を否定すること。

だから、今の日向を否定したかった。

それなのに、今、自分の四十年が否定されてしまった。

なのに。

胸にこみあげたものは、悔しさだけではなかった。

違ったかもしれない自分の今。強さの可能性。

悔しさに細められた鷲匠の目は、どこか微笑(ほほえ)んでいるようにも見えた。

ボールが転がる音だけが会場に響く。まるで時が止まってしまったように誰も動けない。

そんななか、審判がゆっくりと笛を吹き右手を上げる。めくられる得点板。

烏野21ポイント、白鳥沢19ポイント。

セットカウント3対2。


――勝者、烏野高校。

一瞬後、大歓声が会場を揺らす。同時に烏野のベンチにいた選手たちがコートへ駆けだしていく。
応援団が熱狂するなかで、教頭がカツラを持った手を突き上げている。
吠える嶋田と滝ノ上と冴子。興奮のあまり倒れそうになる谷地を冴子がしっかかと受け止める。

　そのまま会場入口で試合を見守っていた明光は、興奮して見知らぬおじさんに声をかけていた。

「あれ！　ウチの弟なんです！　あれメガネの！」

「……やった…ぁぁあ……ホントにやった……」

　道宮たちは感涙して声を震わす。そんな道宮の視線の先には、息荒く立ちすくんでいる澤村の背中がある。


　澤村が呆然（ぼうぜん）と目を見開き、振り返る。同じ顔をした東峰が一歩よろけるように踏み出した。澤村は無言のまま近づき、強く東峰を抱きしめた。そこへ駆け寄ってきた菅原がふたりに抱きつく。三人の目から熱い涙が後から後からあふれ出て頬を濡らしていた。

　憧れていた烏野の理想とは違う現実を知り、それでも諦めず続けてきた月日が今日に繋がる。

「あああ～～～!!」

　耐えきれず声をあげる三人。

　そんな3年生たちの姿を日向と影山と月島は唖然（あぜん）と見ていた。ふだん頼りがいのある先

輩たちが、子供のように泣いている。その光景が、全力を出し尽くした日向たちを夢のなかにいるような感覚にさせていた。

だが、彼らを覚まさせる声が響く。

「うおあああ〜〜〜〜！！！」

泣きながらやってきたのは田中と西谷。田中がガバッと日向と影山に抱きつく横で、西谷が月島の腹にタックルするように抱きついた。

そのすぐあとで泣きながら駆けつけた控え組。縁下（えんのした）は田中に抱きしめられるがままの日向と影山をさらに後ろから抱きしめ、山口は西谷に倒された月島に飛びこむようになだれこむ。木下（きのした）と成田もダイブする。

烏養と武田も、夢のような現実に歓喜に震え涙があふれた。そしてふだんはクールな潔子もくしゃりと眉（まゆ）を下げ、涙を零（こぼ）しながら嗚咽（おえつ）を漏らす。

ずっと見てきたみんなの努力が、結果に繋がったことがどうしようもなく嬉しかった。

歓喜に満ちた烏野コートの向こうは、まるで別世界のように静まり返っていた。

飛びこんだ最後の場所でうなだれたままの大平に、烏野コートを振り返っている山形。

川西は腰を折って膝に手をつき、白布と牛島は烏野コートを見ながら立ち尽くしている。

ベンチで天童が顔を上げ、惜しむように、けれど穏やかに呟いた。

「さらば俺の楽園」

天童はバレーを高校でやめると決めていた。

最後の挨拶に選手たちが整列していく。だがなかなか動こうとしない日向に影山が声をかける。

「おい整列だ」

「た……立てない」

日向の足がガクガクと震えていた。

「ホラ翔陽、ガンバレガンバレ！」

「あっちょ…あふぁ……」

影山と西谷に手を引かれ、腰くだけになりながらもなんとか整列する日向。

そして全員で礼をする。

「ありがとうございました！」

激闘を称える拍手のなか、選手たちはネットに駆け寄り握手を交わした。

長い試合が、幕を閉じた。

「……影山、いい仕事しやがるな」

身を乗り出して観戦していた岩泉が感心したようにそう言うと、「……岩ちゃんも気づいた？」と及川が答える。

「おそらく、戻ってきたメガネくんから、なんらかのブロックの指示が出た。たぶん、対ウシワカの〝ストレートを締めろ〟とかかな？　だから飛雄はサーブ後、クロスにいたチビちゃんと、とっさに場所を代わった……。西谷くんがいなかったからかもね」

「あと土壇場でのイヤな返球な。さすがお前の弟子だわ」

「弟子じゃねーし！」

心底イヤそうに突っこんだあと、及川はあきれたような、イラついたような笑みを浮かべた。

「……そんで極めつけ……。いつもと違うことをやりに来たチビちゃんにちゃんとあわせた……ムカツクほど見えてやがる……」

最後に勝負を決めた、ファーストテンポの同時多発位置差攻撃オール。

影山は一瞬で日向の考えを察知してあわせたのだ。

「まぁ……その〝いい仕事〟の前提にあるのは、1年メガネのブロックだけどな」

岩泉はコートを歩いている月島を見る。

日向の攻撃にも目を見張ったが、前の試合から一番進化したのは月島だろう。

「――それにしても、チビちゃんはトスを上げてみたくなるスパイカーだね……。飛雄が振り回されるワケだよ」

純粋に強さを求め常に全力で立ち向かう日向の存在は、敵でも味方でも触発される。けれど一番ダイレクトに刺激されるのはセッターだ。自分が上げたトスで、どんなスパイクを打つのか。見たことのない速攻を決められるのか。

及川は立ち上がる。試合が終わった会場に用はない。

「ありがとうございました!!」
ベンチに戻る白鳥沢チーム。その途中、大平は放心状態の白布に気づく。
「……賢二郎、大丈夫か?」

「……あ、ハイ……」

大平の声に気づいた白布は、ぼうっとしたまま答える。

「……ちょっと、混乱して……負けるなんて、思わないじゃないですか……」

そんな白布を大平は黙って見つめていたが、やがて前を向き、独り言のように呟いた。

「……まあ……負けると思ってココにいるヤツはいないよなぁ……」

絶対王者と呼ばれるほど勝ち続けてきた白鳥沢。誰もが宮城代表として春高へ挑むつもりでいた。そしてそれは、烏野も同じ。

力も想いもぶつけあい、全力を出しあい——その結果、負けたのだ。

その現実を理解した瞬間、零れた滴が床を濡らす。

大平が泣いていた。目の前に落ちたボールを拾えなかった悔しさを噛みしめながら。その隣で白布と川西は零れそうになる涙を懸命にこらえる。山形は前も向けないほど大泣きしている五色の肩を抱いていた。

ベンチに戻ってきた選手たち。タイムアウト中、鷲匠は選手たちに不甲斐ない試合をやったらここから学校まで走って帰らせると言っていた。だが。

「ミーティングは、戻ってから。表彰式が終わったらバス乗れ」

鷲匠にも、選手たちが全力を出したことはわかっていた。

宮城新聞

「はい」

「……ウス」

それぞれ力なく返事する選手たちに、戻ろうとしていた鷲匠が振り返り言った。

「……と、あとで100本サーブ」

やっぱりな～という顔をする天童に、小さくしっかりと頷く五色。苦笑する山形と川西の間でうつむく白布。わずかに笑みを浮かべて前を向く大平と、うつむく瀬見。

牛島はまっすぐ前を向いている。静かに敗北という事実を受けとめながら。

並んだ烏野バレー部に応援団が思い思いに声をかける。どの声も選手たちの健闘を讃(たた)えていた。

「応援、ありがとうございました！」

澤村の声に続けて、選手たちが深く頭を下げる。

「ありがとうございましたー！」

「よくやったー！」

「すげーぞお前らー！」

滝ノ上と嶋田が感涙にむせぶ隣で、冴子も涙を浮かべ拳を突き上げる。

「愛してるぞ龍ーっ！」

谷地は滂沱しながら拍手を送る。一繋も笑みを浮かべ拍手を送っていた。

「う～うぅ～っ」

さっきから興奮しっぱなしの教頭は涙しながらカツラをポンポンのように振り回し、生徒を唖然とさせている。頭皮は優勝トロフィーよりも輝いていた。

「澤村、菅原、東峰～！　優勝おめでと～!!」

涙を浮かべ、笑顔で声をかける道宮に澤村が気づき、その手に持っていたものを見せるように手を上げる。そこにあったのは必勝祈願のお守りだった。

「……………！」

目を耀かせ、改めて拍手を送る道宮の頬に大粒の涙が零れた。

挨拶後、日向と影山は得点板を眺めていた。ふたりの顔は厳しい。

「牛島さん、クソかっこよかったな……」

「………」

そう言う日向に、小さく頷く影山。

チームで勝利はした。けれど、個人的には圧倒的な敗北だ。そんなふたりに後ろから声がかけられる。

「コンクリート出身、日向翔陽、影山飛雄」

「！」

ハッと振り向くふたり。そこにいたのは牛島だった。牛島はふたりをじっと見据えて口を開く。

「次は倒す」

大エースからの宣戦布告に、日向と影山はゾワリとおののく。そしてふたりは競うように牛島に宣言した。

「絶対同じ舞台まで行ってみせます！」

「絶対及川さんよりも、うまいって言わせます！」

いつとも知れぬ『次』があるのなら、今度こそ一対一でも戦えるほど強くなる。

ふたりの宣言を牛島は無言で受け止め去っていく。

日向と影山はその背中をじっと見つめていた。

表彰式が始まる。

バレーボール協会会長から落ち着いた様子で表彰状を受け取る澤村と、トロフィーを受け取る菅原。

キラキラと目を耀かせ胸を張る日向。その首には選手全員に贈られる金色のメダル。

誇らしげな顔で並ぶ選手たちに惜しみない拍手が送られる。

――宮城(みやぎ)県代表、烏野高校。

春高出場決定。

次の戦い
HAIKYU!!

夕日に染まる白鳥沢(しらとりざわ)学園体育館。

予選会場から戻り、ミーティングも終え、選手たちだけで今後の部活の引(ひ)き継(つ)ぎをしていた。鷲匠(わしじょう)と斎藤(さいとう)は端(はし)で見守っている。

3年生たちを前に、1、2年生たちが並んでいる。

「……じゃあ引き継ぎは以上で。あとなにかあるヤツは……」

副主将(キャプテン)の添川仁(そえがわじん)がそう言うと、牛島(うしじま)が軽く手を上げ、声をかける。

「いいか」

確認を取った牛島が前に進み出て、口を開く。

「川西(かわにし)」

「⁉　は、はい」

不意(ふい)をつかれ、驚きながら返事をする川西。牛島が続ける。

「天童(てんどう)なきあと」

「若利(わかとし)くんそれ死んだときの言い方……」

天童のつっこみを気にすることなく牛島は続けた。

「お前がブロックの要だ。もっと自信を持っていい。それとサーブを強化しろ」

「は、はい！」

「白布」

「は、はい！」

なにごとかと川西を見ていた白布も牛島に呼ばれ、驚きながら返事をする。

「今後のチームの組み立てはお前にかかっている。うちに弱いスパイカーはいない。きっちり生かしてやれ」

突然の牛島の後輩へのアドバイス。飾らずシンプルな助言は必要なことだけを述べていて、牛島らしい。

「……はい」

驚いた白布だったが、その言葉を受け止め、神妙に頷いた。

「梅田」

「ハイ！」

「お前はフォームを安定させろ。なんとなくで練習するなよ」

「ハイ！」

「湯野浜」

「ハイ！」

「もっとブロックの反応を早く」

「ハイ！」

牛島のアドバイスを少し驚いた様子で黙って見ていた山形がそっと呟く。

「……全員分言うつもりか？」

「珍しいな……」

必要なこと以外はあまり話さない牛島の饒舌な様子に瀬見も驚いていると、笑顔で見守っている大平の隣から天童も口をはさんできた。

「ていうかよく見てたね」

牛島はエースであり、主将だ。強さを追求するとともに主将としてきちんと部員を見ていたのだろう。

「沼木」

「ハイ」

「もっとスタミナをつけろ」

「ハイ」

順々に続いていくアドバイスが近づくごとに、一番端の五色は、だんだんとうつむいていく。

自分はなにを言われるのだろうと思うと、心が重くなってくる。

(レシーブ、ブロック、メンタル。課題をあげたらキリがない……。エースだなんて大口を……俺が……)

「五色」

「！　ハイ！」

ハッと顔を上げ、覚悟する五色。けれど牛島はわずかに表情をゆるませ言った。

「頼むぞ」

微笑ましく見守っている天童、大平、瀬見。山形。その横で、白布はいつもどおりの視線を送る。

五色の足元に滴が落ちる。大粒の涙があふれていた。

牛島の言葉にはいつも事実しかないことを、五色はよく知っていた。

いつか追い抜きたいほど尊敬している大エースから白鳥沢の未来を託されたのだ。

「――はいっ!!!」

五色は泣きながら、力いっぱい返事する。

「ありがとうございました！」

「ありがとうございました!!」

ひとりの2年生の声にあわせて、1、2年生全員で頭を下げる。

泣いて顔を上げられない五色に、山形と天童が近づく。

「ホラホラホラ、泣いてんじゃないよ〜。そんなんじゃ、チームを引っ張っていけないよ〜〜」

天童がからかうように五色の後頭部に軽いチョップを入れる。そのたび頭が揺れ、ぼたぼた涙が落ちた。「うぅ〜〜〜」とさらに泣く五色をみんなが温かく見守る。

次のエースは泣き虫だが、素直に真面目に熱く白鳥沢を引っ張っていくだろう。

牛島はそんな光景をじっと眺めていたが、不意にジャージの上着を脱ぎながら言った。

「よし、じゃあ100本サーブだな」

「え〜っ!? やっぱ俺たちもやんの!?」

いつものように淡々とボールかごに向かう牛島に不満げにつっこむ天童。

「どっちでもいいと思うぞ」

そう言いながら大平も上着を脱ぐ。

「はぁ～……俺、ジャンプサーブじゃなくてよかった……」

天童も観念したように、しぶしぶ上着を脱ぎはじめる。

牛島がボールを床にバウンドさせる音が響いた。

いつものように淡々と力強く。その音はこれからも続いてゆく。

決勝翌日。放課後のチャイムが鳴り響く烏野高校。
バレー部の部室には、ジャージに着替え終わり、バレー雑誌を見ながらお菓子で小腹を満たしている田中に、荷物整理している成田、着替え途中の影山と縁下がいる。
同じくジャージに着替えようとしていた日向は、昨日の夜に来ていた音駒の孤爪研磨からの返信メールにやっと気づいた。爆睡しチェックできなかったのだ。
決勝で勝った報告メールへの返信は『よかったね。』のたった一行だったが、いつもどおりなので気にもならない。それよりも、本当に春高に行けるんだという実感が湧いて気

持ちが逸る。

「東京の代表はこれから決まるんですよね！」

興奮気味にそう言う日向に、着替え終わった縁下が「ああ」と答える。

「東京は、第一次予選で四校まで絞られてて、11月に代表決定戦だったと思う」

「〜〜〜〜音駒倒す‼」

具体的な数字と日程を聞いて、さらに現実感と高揚感が増す日向。

「なあ、影山！」

同じ気持ちだろう相棒に同意を求めるが、影山は冷静だった。

「……音駒が、代表枠に残れればな」

「！」

激戦区の東京代表になることは簡単なことではない。けれど日向は強気な笑顔で返す。

「……来るに決まってんだろ！」

そう言って部室を出て、外廊下から空を見上げた。

青く澄んだ秋の空は、東京まで続いている。

烏野と音駒の〝ゴミ捨て場の決戦〟を実現させる。先輩たちから託された願いだったが、
それはもう自分たちの願いになっていた。

「……もう一回がない試合、やるぞ!!　春高で……!」

その声は空気に溶け、風に乗り、夢の舞台へと翔んでいく。

寄付金を募るため、谷地が作った烏野バレー部のポスターが街中に張られている。

ネットに向かって跳んでいる、スパイクを打つ直前の日向に、オレンジに縁どられた黒文字で『烏、再び東京に舞う』と書かれている。そして一枚、烏の羽が舞い落ちている。

――いくぞ、いくぞ、いくぞ、春高……!

そんな想いが紙面からにじみ出る。

東京、オレンジ・コート。

そこに立つ日は、すぐ近くまでやってきている。